十二年前

暗闇の中、強い光が灯《とも》っていた。

光源は、部屋の隅に置かれた液晶モニター。

モニターの前には、小学生ぐらいに見える二人の少女が椅子を並べて座っている。

キーボードを打つ音が部屋に響き、時おりマウスのクリック音も聞こえる。

一人の少女は長い髪を後ろで結んでおり、右手にはマウスを握っている。左手は忙《せわ》しなくキーボードを操作しており、画面はその少女の操作に従って動いているようだった。

「ねえお姉ちゃん、次は？」

画面を操作する少女がそう言うと、隣に座って画面をじっと見ている少女、西川結衣《にしかわゆい》が口を開く。

「次は右から来ると思う。凜《りん》、ポジション少し変えた方がいいよ」

凜《りん》と呼ばれた少女はこくりと頷《うなず》き、マウスとキーボードを素早く操作する。

画面には、現実と見分けがつかないほどのバーチャルな戦場が広がっていた。

中央にはアサルトライフルの銃身が、その上には小さな照準器が光っている。左下には残弾数や残り体力が示され、左上には地形が一目でわかるミニマップが表示されている。

凜《りん》は部屋の中にある高台へと移動し、照準を複数ある入り口のうち右側に合わせた。

そこで画面がピタリと止まった。

結衣《ゆい》は、凜《りん》の右手をチラリと見る。

その右手は、まるで時間が止まったかのようにぴくりとも動かない。

数秒後、凛《りん》が照準を置いているまさにその入り口に、人影が現れた。

瞬間、画面上のライフルから弾丸が吐き出された。

二人がいる部屋に、銃声と、敵を倒した時の効果音が鳴り響く。

――相変わらず、凛《りん》は絶対に外さないな。

結衣《ゆい》が心の中で、自身の妹である凛《りん》の技術を賞賛していると、横から、

「この次はどうしよう？」

と凛《りん》が話しかけてきた。その顔は、相変わらず画面をじっと見ている。

「えっと……次は少しタイミングを外してくると思う。こっちから攻めれば勝てるよ」

結衣《ゆい》の言葉に対し、凛《りん》は再び頷《うなず》いて応える。

画面上の視点が動くスピードが一気に加速する。

極めて正確な操作によって、壁スレスレの位置を高速で移動していく。

すると、急に人影が現れた。その銃口はこちらに向いている。だが、相手の銃が火を噴くことはなかった。人影が現れたとほぼ同時に、凛《りん》がライフルを発射していた。

画面上には、勝利のメッセージが大きく表示されている。

画面を見ていた凛《りん》が、結衣《ゆい》の方を振り向く。

その顔は無表情に見えるが、結衣《ゆい》はそこから高揚を読み取った。

「相手の人、最後びっくりしてたね」

「うん。前に出てくると思ってなかったと思う」

「どうしていつもお姉ちゃんが言う通りになるの？　ほんと、魔法みたい」

「これまでずっと最速で詰めてたから。警戒してなかったの丸わかりでしょ」

「わかんないよそんなの。最速って、秒数数えてたの？」

「凜《りん》も自分でやらないとダメだよ。こんなのズルじゃん」

「そんなことしてるのお姉ちゃんぐらいだよ」

「私だけじゃないよ。お父さんだってやってる」

「本当かなあ。あ、そうだ！　お姉ちゃんもプレイする？」

「私は見てるだけでいいよ」

「なんか私ちょっと疲れちゃった。マウスとかキーボードが家のと違うからやりにくい」

そこで、二人がいる部屋が急に明るくなった。

結衣《ゆい》と凜《りん》が後ろを振り返ると、そこには呆《あき》れた顔をしている女性と、その横でニコニコしている男性。

二人の両親が、部屋に帰ってきていた。

「まだやってるの？　寝てると思ってた」

呆《あき》れている母に、父は笑って応える。

「まあまあ、せっかくの海外なんだからいいじゃないか」

「部屋でゲームするなんて、それこそ日本でもできるじゃない」

凛《りん》が「えー、まだ途中だったのに」と非難するように言う。

「凛《りん》、もう疲れたって言ってたじゃん。もう終わりね」

結衣《ゆい》がパソコンの電源を切る様子を、凛《りん》は恨めしげに見ている。だが流石《さすが》にもう眠いのか、大きなあくびをしている。

「お父さん、練習どうだった？」

結衣《ゆい》が尋ねると父は「ああ、かなり調子良《い》いぞ」と答えた。「そうだ、さっき凄《すご》いプレイが出たんだよ。録画もあるし見るか？」

父の声に、眠そうに目をこすっていた凛《りん》がぴくりと反応し、

「見たい」

と言って父に近寄っていく。

「そんなこと言ってないで、もういいから寝なさい。あなたも明日早いんだからもう寝てよね」

母にそう言われて洗面所へと向かう父の背中を見ながら、結衣《ゆい》は凛《りん》と歯をみがいている。

結衣《ゆい》たち一家は、アメリカに来ていた。

ただの海外旅行ではない。

「お父さん、明日勝てるかな」

母がつぶやくのが聞こえた。

「うん、勝てると思う」

結衣《ゆい》の言葉に母は「だといいけど」と苦笑し、「でも、世界大会ってあんなに大きい会場で開かれるのねえ」と思い出したかのようにつぶやいた。

翌日、父は朝早くにホテルを出て一人で会場に向かった。

結衣《ゆい》と凛《りん》、そして母の三人は少し遅れて、ホテルの近くにある会場へと歩いていた。

「ねえお姉ちゃん、今日のお父さんの相手ってどんな人？」

「どんなって、アメリカ代表だから強いよ」

「試合見たの？」

「ちょっとだけね」

「本当？　どんな感じか教えて」

そう言って興味津々《きょうみしんしん》に凛《りん》は結衣《ゆい》を見てくるが、結衣《ゆい》はヒヤヒヤだ。

「凛《りん》、ちゃんと前見て歩いてよ」

「大丈夫だよ、ちゃんと見てるから」

「見てないでしょ。さっきもつまずいてたし」

アメリカの道路は日本に比べて道があまり舗装されていないし、車の運転も荒い。

普段は母も凛《りん》に注意するのだが、今日はあまり余裕がないようだ。

「けど私、お父さんがしてるゲームよりも、いつも家でやってるゲームの方が好きだな」

そうつぶやく凛《りん》は相変わらず前を見ていなかった。仕方ないから結衣《ゆい》が手を繋《つな》ぐと、凛《りん》はその手をぎゅっと握り返してきた。その力は、日本で普段手を繋《つな》ぐ時よりも強い気がした。

他人からは、凛《りん》はほとんど表情を変えず、感情がわからない子だとよく言われる。

ただ、結衣《ゆい》にはなぜか、凛《りん》の考えていることがよくわかった。

「凛《りん》は英語喋《しゃべ》れないんだから、チームプレイのゲームは無理でしょ」

結衣《ゆい》はため息をつきながら言った。

「相手がいる場所だけ喋《しゃべ》っておけばいいもん」

「まあ、確かに凛《りん》はあっちのゲームの方がうまいけどさ」

「それに、あっちだったらお姉ちゃんとも一緒にできるし」

「私と一緒にプレイしても、凛《りん》いつも文句言ってばっかりじゃん」

「文句じゃないよ。お願いしてるだけ」

「あれはお願いって言わない。凛《りん》、私よりうまいんだからもっとうまい人とやればいいのに」

実際、結衣《ゆい》と凛《りん》のゲームの実力は歴然としていた。

「それはやだ」

「え？」

突然の強い否定に、結衣《ゆい》は思わず凛《りん》を振り向く。

凛《りん》は下を向きながら歩いている。道路の線に沿って歩こうとしているようだった。

「お姉ちゃんと一緒にゲームやってる時が、生きてて一番楽しいもん」

「……生きてて、って、大袈裟《おおげさ》なこと言わないでよ」

凛《りん》は、こういう恥ずかしいことを平気で言える子だ。その率直さが学校では良くも悪くも出てしまい、同級生とよくトラブルになっていることを結衣《ゆい》は知っている。

そうこうしているうちに、三人は会場まで到着した。

結衣《ゆい》たちは、広い会場に圧倒されながら、母の後ろに付いて関係者席へと向かう。

関係者席に着くと、先に来ていた日本人男性が結衣《ゆい》たちに話しかけてきた。父と同じくゲームプレイヤーで、結衣《ゆい》たちの家にも何度か遊びに来たことがあった。

「さすが西川《にしかわ》さんですね、これまでの試合と観客の数が全然違う」

母は「あの人にそんな人気があるんですか……」と言うが、実感が湧いていないようだった。

しばらく待っていると英語でのアナウンスが始まり、会場がざわつく。

一際《ひときわ》大きな歓声が起こったその時、父が対戦相手と思われる大柄な外国人と一緒に入場してきた。ステージ中央に着いた二人は手を合わせて、向かい合って用意されたパソコンの前にそれぞれ座った。

結衣《ゆい》は会場の上部に備え付けられてある巨大ディスプレイに目をやる。

昨夜、凜《りん》がプレイしていたゲームと同じ画面が映し出されており、今はウォームアップをしている様子だった。ディスプレイは真ん中で分割され、一方に父の画面が、もう一方にはアメリカ代表選手の画面が映っている。

ウォームアップはすぐに終わり、あっという間に試合が始まった。

試合が始まるまでは結衣《ゆい》を質問攻めにしていた凜《りん》は、試合が始まると一切のおしゃべりをせず、じっと画面を見ていた。周囲にいる日本人も、同じように画面に集中している。

巨大モニターでは、両プレイヤーの視点が目まぐるしく動いていた。

「お父さん勝った！」

突然隣で凜《りん》が叫び、母の肩がびくりと揺れる。

ステージ上では、父がヘッドフォンを外して相手選手と握手をしている。

結衣《ゆい》たちの隣に座っている男が話しかけてきた。

「すごい……世界ランク上位のプレイヤー相手に圧勝ですよ！」

興奮している男から声をかけられ、母は戸惑っている。

「え、えっと……そんなにすごいんですか？」

「ええ、この調子でいけばあのポルシェを持ち帰れますよ」

男は、副賞として会場に展示してあるポルシェを指差して笑う。

父は、前に詰めかけている観客にサインをしていたが、しばらくするとステージ裏へと戻って行った。結衣《ゆい》たちも控え室へと移動した。

控え室のドアを開けて入ってきた結衣《ゆい》たちに、父は笑顔を見せた。

だが、その後に腕を組んで首を傾《かし》げる。

「全然ダメだったな。もっと楽に勝てたよ」

母は「もう、勝ったんだからいいじゃない」と呆《あき》れる。

試合に勝った時の父はいつもこうだった。

負けた時の方がよほどさっぱりした顔をしているような気がする。

「相手の人、最後に少し動き方を変えてきてた」

結衣《ゆい》がつぶやくと、父が笑顔で振り向く。

「そうなんだよ、油断して追い上げをくらった。結衣《ゆい》はよくわかってるな」

父に褒められ、結衣《ゆい》も思わず笑顔になる、
父の近くにいた凜《りん》が、結衣《ゆい》の方にやってきて「どういうこと？　ねえお姉ちゃん、どういうこと？」と尋ねてくる。

母が「あと何試合すれば優勝なの？」と父に尋ねる。

「勝ち続けたらあと五試合かな。負けたらそこで終わりだ」

「お父さんなら絶対勝てる！」

結衣《ゆい》にくっつきながら叫ぶ凜《りん》の頭を、父は微笑《ほほえ》みながらなでている。

結衣《ゆい》は、そんな父の姿を複雑な気持ちで眺めていた。

アメリカ滞在の日程は変わらないのだから、早く終わってもらったほうが旅行の期間が多くなる。結衣《ゆい》にとっては、初めての海外旅行で、しかも普段滅多にしない家族旅行でもあった。

もちろんそんなことは口に出さない。

父が、ゲームの世界大会出場を目指して会社を辞めた時は驚いた。母は最後まで反対したが、最終的には父に押し切られる形で納得したようだった。

幸い、普段の生活に困窮するということはなかった。

ただ、父の職業を知った時の友人たちの反応はさまざまだった。ゲームを仕事にしている両親など、どこにもいなかったからだ。

男子から「遊んでるだけじゃん」と笑われた日の夜は悔しくて眠れなかった。

遊んでるだけと言われたことが悔しかったのではない。

言い返せない自分が悔しかったのだ。

翌朝、父に男子から学校で言われたことを伝えると、父は笑いながら、

「確かに、楽しく遊んでるだけだな」

と言った。父の答えは結衣《ゆい》には不満だったが、父はこう続けた。

「それを仕事にしているんだ。めちゃくちゃ凄《すご》いだろ？」

結衣《ゆい》の悔しさを晴らすには、その言葉だけで十分だった。

今日も、父はステージ上で楽しそうにゲームをしていた。

だから結衣《ゆい》も、観光をせずに、もう少しここにいてもいいかと思えた。


翌日も午前中から父の試合があった。

父は朝早くから起きて、体調も上々のようだった。会場に別々に向かった昨日とは異なり、結衣《ゆい》と凜《りん》も父と一緒に会場まで行くこととなった。母はやることがあるからと、後から付いてくることになった。

父と凜《りん》、結衣《ゆい》の三人が会場に到着してすぐ、父は見知らぬ外国人に声をかけられた。

父は軽く話してすぐに立ち去ろうとした。試合前に余計なことが起きるのは避けたかったのだろう。男はノートパソコンを持っており、なにか手伝いを求めている様子だった。

父が立ち去ろうとすると、外国人の男は結衣《ゆい》と凜《りん》に近寄ってきた。

見慣れぬ大柄な男に外国語で声をかけられ、結衣《ゆい》たちは身体《からだ》を硬くした。

結衣《ゆい》たちの様子を見た父は、男に声をかけた。少し喋《しゃべ》った後、父と男は握手を交わした。その後、父はバッグから何かを取り出し、男のノートパソコンに接続して操作を始めた。

操作自体はすぐに終わり、男は笑顔で去っていった。

　後ろ姿を見送りながら、結衣《ゆい》が父に尋ねる。

「お父さん、あの人なんだったの？」

「ああ、俺の設定ファイルがほしいって頼まれてな。まあ、これぐらいいいよな」

　普段なら試合前には頼みに応じない父も、結衣《ゆい》たちが話しかけられて不安そうなのを見て、快く対応してくれたのだろう。察した結衣《ゆい》が

「ごめんなさい」

　と謝ると、父は笑って「いいんだよ」と言って結衣《ゆい》の頭をなでた。

　父の試合はお昼前に設定されており、まだ少し時間があった。

　控え室では、父がパソコンに向かってウォームアップをしている。結衣《ゆい》たちはその間、静かに待機していた。そろそろ観客席へ移動しようと思っていたその時、控え室の扉がノックされ、複数の男たちが控え室に入ってきた。

　父は彼らと何やら深刻そうに言葉を交わしていたが、徐々に声の調子が荒くなっていった。

「ねえ、あれ何の話？」

　結衣《ゆい》が尋ねると、

「わからないけど……チートがどうこうって」

　と母が心配そうに答えた。

　男たちが部屋を頻繁に出入りしている中で、部屋の中には次第に重苦しい空気が漂っていった。しばらくすると、リーダーのような人間が再び姿を現して、父と数分間言葉を交わした。その間、父の表情は硬いままだった。

　そのまま、男たちは部屋から出て行った。

　結衣《ゆい》たちが観客席へと移動するために部屋を出た時、父はいつもの笑顔を取り戻していた。しかし、その笑顔にはどこか普段とは異なる影があったように結衣《ゆい》には見えた。

　結衣《ゆい》たちが観客席に到着すると、昨日もいた日本人の男が心配そうに話しかけてきた。

「さっき控え室で揉《も》めていませんでした？」

「それが、チートがどうこうって」

　母が答えると、「え？　それって……」と男の顔が曇る。

「いえ、でも、結局は問題なかったみたいです。勘違いだったみたいで」

　男は少し安堵《あんど》したように見えるものの、険しい顔は完全には晴れなかった。

　結衣《ゆい》たちが不安な気持ちで待っていると、あっという間に試合開始の時間となった。

　昨日と同じように父が対戦相手と一緒に登場すると、再び会場は歓声に包まれた。

　遠くから見る父の表情は落ち着いているように見えた。

「お父さん、大丈夫かな」

　凛《りん》が不安げにつぶやく。その左手は、結衣《ゆい》の右手を固く握りしめている。

「大丈夫、お父さんなら絶対勝てる」

結衣《ゆい》は凜《りん》の小さな手を強く握り返した。


ウォームアップが終わると、すぐに試合が始まった。

結衣《ゆい》は巨大ディスプレイをじっと見つめる。

今は、ラウンド開始前の準備期間だ。

父がプレイするゲームでは、各ラウンドの開始直後に一つだけ好きな武器や防具を買って、自分の装備として使用できる。初期装備は弱いため、強い武器または防具のどちらかを買うのが鉄則だ。

ラウンドが開始すると、ふと、会場がざわついていることに気づく。

結衣《ゆい》たちがいる日本人エリアからも「え？」という声が漏れた。

前方のディスプレイには、信じられない光景が広がっていた。

ラウンドが始まっても、父が操作するキャラクターは手ぶらだった。

装備の購入を忘れてしまったのだ。

プロの世界では考えられないミス。

遠くに座る父の顔が、一瞬曇ったような気がした。

結局、そのラウンドで父の操作キャラクターは無防備なまま敵に襲われ、あっけなく倒されてしまった。

会場が静かにざわついている。昨日までのざわつきとは、別種のものだった。

「西川《にしかわ》さん、どうしたんだ」

周囲の日本人から、困惑の声が上がる。

母は、不安げにキョロキョロと周りを見ている。

結衣《ゆい》は、自分の手のひらに凜《りん》の爪がグッと食い込むのを感じた。

エイム・タップ・シンデレラ

AIM TAP CINDERELLA

未熟な天才ゲーマーと会社を追われた
秀才コーチは世界を目指す

朝海ゆうき
イラスト
あさなや

バタン、と扉が閉まる音が聞こえた。

広々とした会議室に座り、昨夜の夢を思い出していた結衣《ゆい》の意識が、現実に戻された。

隣には、結衣《ゆい》と同期入社の男が座っている。彼が後ろを振り返っているのに気づき、結衣《ゆい》も後ろを振り返ると、扉の前に三人の男が立っていた。

そのうちの一人は、結衣《ゆい》たちの上司だ。結衣《ゆい》と目が合ったが、不自然に目を逸《そ》らされる。

三人の男たちはそのまま何も言わず、長机を挟んで結衣《ゆい》たちの前に並んで座った。

重苦しい表情をした三人の男が、黙って座っている。

結衣《ゆい》はふと、入社時に行った集団面接を思い出した。あの時も、こうして二対三の面接をした気がする。

「このメールを見てほしい」

沈黙を破ったのは、中央に座る結衣《ゆい》の上司だった。右隣に座るのは、上司のさらにまた上司。左隣の男は、別の部署の部長だ。

自分のデスクで昼ごはんを食べ終え、午後の仕事に取り掛かろうとした結衣《ゆい》に、上司から突然会議依頼が来た。書かれていたのは、時刻と会議室名だけだ。

会議室のスクリーンに映し出された文面を読みながら、不快感が結衣《ゆい》の背筋にじわりと広がっていった。

「……この差出人は？」

結衣《ゆい》の隣に座る同期が、言葉を絞り出すように言った。

「わからない。匿名の差出人だ。知っての通り、この論文は君たちに主導してもらった仕事だ。何か心当たりは？」

結衣《ゆい》たちの所属部署は、埋め込み型脳チップの研究開発部門だった。

まだ実用化には遠いが、会社では花形の部署だ。

スクリーンに映されているメールには、結衣《ゆい》たちがここ最近かかりっきりになっていた論文について書かれていた。国内外のメディアに大きく取り上げられ、話題になった論文だった。

その論文に、不正がある。

この告発者は、大量の証拠とともに、そう告げている。

結衣《ゆい》が一瞬、隣に座る同期を見ると、その同期も結衣《ゆい》を見ていたが、さっと目を逸《そ》らした。

この同期社員は、首都圏の有名大学出身者が大半を占める結衣《ゆい》の会社には珍しい、地方大学出身者だった。学部を卒業して入社した結衣《ゆい》とは違い、大学院を出ているため、同期といっても結衣《ゆい》より二歳年上だった。

結衣《ゆい》が何かを言おうとしたその時、

「自分は……何も知りません」

と同期社員が答えた。

結衣《ゆい》が再び同期を見ると、その顔は真《ま》っ直《す》ぐ前を向いていた。

このまま自分が何も言わないと、間違いなく自分も疑われるだろう。

結衣《ゆい》が口を開こうとしたその時、彼女の視界の隅で、膝の上に置かれた同期の手が見えた。

その手は、震えていた。

そういえば、この同期は最近結婚し、奥さんは妊娠中だった。

「――私も、何も知りません」

いつの間にか、結衣《ゆい》の口からそんな言葉が出ていた。

横目で、同期が結衣《ゆい》の顔を見るのを感じる。結衣《ゆい》は言葉を続ける。

「不正と指摘されている箇所は、妥当だと思います。ギリギリ、ミスと言える範囲かもしれませんが、全てのミスが私たちに都合の良い方に出ているのは確かだと思います」

「それは私だって見たらわかる。そのミスがどうやって入り込んだのか、わからないか？」

「もちろん私たちの誰か、ではあると思います。ただ、どの段階で間違ったかは……。私たち二人以外にも、多数のエンジニアと共同で作業していたので」

製品ではあり得ないが、研究開発だと、必ずしも全ての変更をログに残さないことはある。

今回も、論文発表を急いでいたことからそのケースだった。

「つまり、間違いなく不正ではあるものの、誰がいつ入れ込んだかわからないってことか」

上司の隣にいる男が「なんてことだ」とつぶやく。それにつづけて大きなため息も。

結衣《ゆい》は喋《しゃべ》っているうちに、自分でも驚くくらい冷静になっていくのを感じた。

──どうして自分は、何も知らないなんて言ったのだろう。

結衣《ゆい》は、変更が可能だったのは、隣に座っている同期しかいないことを知っていた。

なのに、それを言わないなんて。

犯人がわからない場合、この責任はきっと、関係者全員が広く負うことになるだろう。

結衣《ゆい》の目の前で、男たちが今後の対応を話し合っている。

昨夜、久しぶりに見た幼い頃の夢の内容が、改めて結衣《ゆい》の頭をよぎった。

＊＊＊

暗い部屋の一角に、液晶ディスプレイが光っていた。

部屋にはキーボードの音がカタカタと鳴り響き、時おりマウスのクリック音が混じる。

ディスプレイの光に照らされて、結衣《ゆい》の顔がぼんやりと浮かび上がっていた。部屋着に身を包んだ結衣《ゆい》は、大きなヘッドフォンを頭にかぶり、画面に集中している。

画面内に人影が現れた。相手はまだ結衣《ゆい》の存在に気づいていないようだ。

瞬間、結衣《ゆい》はマウスを握る右手に力を込めた。目の前に、大量の薬莢《やっきょう》が飛び散る。

だが、ターゲットが倒れることはなかった。

結衣《ゆい》に背中を向けていた相手が、銃声で振り向く。

危険を感じた時は既に遅い。

「ああもう、また負けた！　なんで後ろから撃ってる時ほど当たらないのよ！」

結衣《ゆい》がデスクを思いきり叩《たた》くと、机の脇に置いてあったスマホが床に落ちる。

結衣《ゆい》は一瞬で冷静になり、慌てて床に落ちたスマホを手に取り時間を確認する。

時刻は深夜十一時。

階下の住人から反応がないか、ヘッドフォンを外して耳をすます。

何も聞こえないことに胸をなで下ろすと、再び頭からヘッドフォンをかぶりディスプレイへと意識を戻す。

画面に映っているのは、まだ生きている仲間の視点だ。

このラウンドはもう自分は倒されてしまったから、次のラウンドになるまで操作はできない。

すると突然、ヘッドフォンから罵声が聞こえてきた。

「……またか」

結衣《ゆい》は手慣れた手つきで設定画面を開き、味方のボイスチャットを全員ミュートにする。

結衣《ゆい》が『ヴェインストライク』を始めてしばらく経《た》つ。

これまでの経験上、この空気になった時に勝った例《ため》しは一度もない。

しばらくプレイを続けたものの、予想通りラウンドを立て続けに取られ、試合にも負けた。

結衣《ゆい》がため息をつきながら時計を見ると、もうすぐ日付が変わろうとしていた。

「……もう一試合ぐらい、やってもいいかな」

どうせ明日も重要な仕事はない。

論文不正の事件があってから、会社での結衣《ゆい》は完全に腫れ物扱いとなっていた。研究部門からも異動となって、今は完全に窓際《まどぎわ》社員だ。

結衣《ゆい》は『ランクマッチ』を開始し、ヴェインストライクの画面に集中した。

ヴェインストライクは、現在世界で最もプレイヤー人口が多いeスポーツタイトルだ。数年前にリリースされて以来、プレイ人口を爆発的に伸ばし続け、今や世界の総プレイヤー数が三億人を超える。

ヴェインストライクのオンライン対戦には、『ランクマッチ』と『アンレート』の二つのモードがある。ランクマッチはプレイヤーランクの変動があり、競技性の高いモード。アンレートはプレイヤーランクとは関係なく、カジュアルにプレイができる。

結衣《ゆい》が主にプレイするのはランクマッチで、今のランクは『プラチナ』だ。初心者ではないが、中級者の壁は越えられていないぐらい。

ヴェインストライクでは、五人のプレイヤーがそれぞれ異なる役割を担《にな》うキャラクターを使用する。結衣《ゆい》はサポート役のキャラクターを選択した。

チームは攻撃サイドからスタートし、科学研究施設がテーマのマップで戦うことになった。マップは複雑に絡《から》み合った実験室、保管室、研究者のオフィスが迷宮のように広がっている。

ヴェインストライクの人気の一つに、作り込まれたマップと、背景にある重厚なストーリーがあった。

サーバーに接続するとすぐに、女の子の声が聞こえてきた。

「おねがいします」

声に少しノイズが乗っているのが気になるが、それよりも、女の子の名前に目がいった。

女の子の名前は、ＬＩＮ。

女の子が挨拶する声に応じて、男の声が

「おねがいしまーす」

と軽い調子で続いた。残りの二人のプレイヤーも男性で、似たように少しふざけた口調で挨拶をする。結衣《ゆい》は少し嫌な予感を覚えつつ、

「おねがいします」

と言ったが、その直後に一人の男性プレイヤーが言葉を発した。

「女の子二人もいるじゃん、ラッキー」

試合が始まり、結衣《ゆい》の嫌な予感はすぐに確信に変わった。

三人の男性プレイヤーは、おそらく仲間だ。そして、プレイのレベルも非常に高い。

というか、うますぎる。明らかに、結衣《ゆい》ともう一人の女の子と同じランク帯ではなかった。

ほぼ間違いなく、これはスマーフだ。

スマーフとは、本来の実力よりも低いランクでプレイするために、低ランクのサブアカウントを使用する行為を指す。別名、『初心者狩り』。

ヴェインストライクは人気ゲームであるが故に、このような迷惑行為も少なくない。アカウントは簡単に作り直せるため、一部のプレイヤーは何度も新しいアカウントを作成し、意図的に低ランクのプレイヤーを圧倒する。運営も対策に努めてはいるが、これを完全に防ぐことは難しい。

ゲームが進むにつれて、男性たちが結衣《ゆい》たちに頻繁に話しかけるようになった。

「ねえ、ランクいくつ？」

「声かわいいね」

「おい、無視すんなよ」

と言葉が飛び交う。結衣《ゆい》たちが無視すると、男性たちはゲームプレイを妨害し始めた。

ヴェインストライクでは味方プレイヤーに直接攻撃はできない。

そのため妨害できることは限られており、極論、自分で敵を全員倒せば試合には勝てる。

ただ問題は、敵にも非常に強いプレイヤーがいることだ。もしかしたら、敵にもスマーフプレイヤーがいるかもしれない。最近、結衣《ゆい》のランク帯にスマーフプレイヤーが特に多いという記事を見たが、まさか自分が遭遇するとは思っていなかった。

試合が進むにつれ、男性たちも敵の強さに気づき始めた。すると、「おい、真面目にやれよ」とか「弱えんだよ」と、結衣《ゆい》たちに罵声を浴びせるようになった。

――もう、この試合はダメだ。ミュートしてしまおうか。

結衣《ゆい》がそう思った時、前を歩く女の子の姿が目に入った。

この子は最初からずっと、懸命に戦っている。きっと、真面目な子なんだろう。

そう思った時、結衣《ゆい》は自然と声を発していた。

「LINさん、右から五秒後に敵が来ると思う」

結衣《ゆい》から突然声をかけられたLINは、戸惑った声を出す。

「え……どうしてわかるんですか？」

その直後、結衣《ゆい》が言った通りに敵が現れる。

「あ、ごめんなさい……」

女の子は応戦したものの、敵を倒すことはできず、逆に倒されてしまった。

「おいおい、なんか真面目にやりはじめたぞー」

「あはは、運が良かったのに弱すぎたねえ。ねえねえ、君ら年いくつ？」

結衣《ゆい》はもうその声を聞かないことにした。

ヴェインストライクでは、先に十三ラウンド先取したチームが勝利となる。

「次は左側から回って進行しよう。ほとんど敵がいないと思う」

「う、うん」

少女は結衣《ゆい》の指示に従ってプレイしようとする。

「あ！　ご、ごめんなさい」

だが、実力差がありすぎた。結衣《ゆい》の予想通り敵は少なかったが、流石《さすが》にガラ空きではない。

少しばかり有利な状況を作っても、圧倒的実力差があるとそれも無意味だ。

次々とラウンドを取られていって、とうとうマッチポイントになった。あと一ラウンド取られたらゲーム終了だ。結衣《ゆい》が先ほどまでと同じように少女に呼びかける。

「次はさっきとは逆から来ると思う」

先ほどまでは必ずあった、少女からの応答がこない。

それどころか、キャラが動いていない。

……戦意を失ったか。

少女の反応がなくなったのを見て、男たちがはやしたてる。

「おーい、諦めるにはまだ早いんじゃないのー」

結衣《ゆい》がミュートボタンを押しかけたその時、少女が動き出した。

よかった、まだ諦めていない。

ただ、その後ろ姿に結衣《ゆい》は違和感を覚えた。

「あれ、まだいたの？　おーい、なんか言えよ」

男たちは気づいていない。だが、結衣《ゆい》にはわかった。さっきまでと、動きが違う。

少女は、結衣《ゆい》が敵の進行を予想したその方向に進んでいく。予想通り、敵のスキルが飛んできて、結衣《ゆい》は倒されてしまう。結衣《ゆい》は、ＬＩＮの視点で試合を観戦することにした。

直後、ログに敵プレイヤーが次々と倒れていく表示が出る。

「お？　やるじゃん！　まぐれまぐれ！」

「すごいねー！」

男たちが騒ぐ一方で、ＬＩＮのプレイを見ていた結衣《ゆい》は言葉を失っていた。

まぐれ？

すごい？

今のプレイは、そんなものじゃない。

その時、声が聞こえる。

「──ねえＹＵＩさん、い、い、い、次は？」

さっきまでの声よりも、少し成熟した声だった。

少し懐《なつ》かしさを覚えるその声に結衣《ゆい》が意識を取られていると、再び声が聞こえる。

「ねえ、ＹＵＩさんってば！」

いつの間にか、次のラウンドが始まっていた。

「え、あ、ごめんなさい、何？」

「ほら、さっきまでどこから敵が来るか言ってたじゃん！　あれ、私にも教えて！」

「……次は右から、少しタイミングをずらして来ると思う！」

「了解！」

とＬＩＮが応じた。


そこからの試合は圧倒的な展開になった。

スマーフ軍団も上級者程度の腕前だが、ＬＩＮのレベルはそれを遥《はる》かに超えていた。

ヴェインストライクでは一瞬の撃ち合いが勝敗を分ける。そのため、反射速度と、エイムと呼ばれる照準を正確に合わせる能力が非常に重要になる。ＬＩＮはそのどちらもがプロレベル、いやトッププロの域にあった。

「……また、全員一タップ《ワンタップ》だ」

結衣《ゆい》の口から思わずそんな言葉がこぼれた。

フルオートではなく1発ずつ撃つことを『タップ撃ち』と言う。一タップキルとはその初弾で相手を仕留めることで、一タップとも呼ばれる。静止している的ならまだしも、人間が操作し動いている相手に一タップキルをする難易度は高い。

大会などでは、出たら場が沸き立つような華やかなプレイだ。

そんな一タップキルがこんなにも連続するのを、結衣《ゆい》はこれまで一度も見たことがなかった。

LINは相変わらず結衣《ゆい》の指示に従い、現れた敵を次々と倒していく。

もはやスマーフ軍団の男たちは言葉を発しなくなったが、LINはお構いなしに、

「本当にすごいね、どうしてわかるの⁉ 魔法みたい！」

と明るい声を出している。

そんな状況が数ラウンド続いた時、試合は敵の降参で終了した。

チャットには暴言が飛び交ったが、結衣《ゆい》の感心は他にあった。

この女の子は、何者だろう。もっと、この子のプレイを見てみたい。

結衣《ゆい》は自然とLINにフレンド申請をしていた。すぐに承認され、結衣《ゆい》はLINに声をかける。

「あの、ごめんなさい、突然」

「ううん、こっちこそさっきはありがとう」

「今日って、まだプレイできるかな？」

「あーごめん、今日はもう帰らないと。あとさ……実はこれ私のアカウントじゃないんだ」

「うん、声が変わったからわかった」

「あはは、だよね。チャットに送る方のアカウントを登録しておいて！ また一緒にやろ！」

と話し、LINはログアウトした。

声の感じからは、おそらく結衣《ゆい》よりも年齢はだいぶ若い。大学生か、あるいはもっと下。もう帰る、ということは外から繋《つな》いでいたのだろうか？

もやもやとした思考を抱えながらヴェインストライクからログアウトした結衣《ゆい》は、なんとなく寝る気がしなかった。動画サイトにアクセスして、プロチームの試合動画を見始めた。

結衣《ゆい》は自分がプレイをするより、こうして試合を観《み》ている方がずっと好きだった。

あっという間に試合を観《み》おわると、今度は海外のスーパープレイ集がおすすめに出てくる。

……あとちょっとだけ見て、今日は終わりにしよう。

動画を見始めると、延々と見てしまうのもいつものことだった。結局最後まで見て、今度は動画についたコメントを眺めていく。すると、コメントはあるシーンに集中していた。

そのシーンは結衣《ゆい》も覚えていた。確かに、スーパープレイの中でも一際《ひときわ》印象的だった。

結衣《ゆい》は、話題になっているシーンに改めて飛んだ。何度見ても、にわかには信じ難《がた》いエイムの精度だった。よくみると雑な動きや無駄なクセも多いが、それがむしろ華になっている。

撃ち方も特徴的で、独特のリズムで放たれるタップ撃ちが1タップキルを量産していた。

結衣《ゆい》は、動画にプレイヤーの声も入っていることに気づく。しかも、その声は女性だ。海外でも、女性のトッププレイヤーは極めて珍しい。日本サーバーではなく香港《ホンコン》サーバーのため英語を喋《しゃべ》っているが、どこか聞き覚えのある発音だった。

今日、乱入してきた彼女も相当強かったが、それと同程度には強い。

というか、

「これ、さっきの子と同じ人じゃない……？」

結衣《ゆい》は思わずつぶやく。

特徴のある撃ち方も、その声も、さっきまで見聞きしていた彼女と同じだった。コメントを改めて読むと、どうやら香港《ホンコン》サーバーでは有名人のようだ。どうして、海外サーバーでプレイしているのだろう。

一通りコメントを眺め終えて、ふと時計を見ると、もう深夜一時を回っていた。

結衣《ゆい》はパソコンを閉じて寝室へと移動した。

部屋の電気を消してベッドにつくが、頭の中を色んな情報がぐるぐると回っている。

ゲームをした後はいつもこうだったが、今日は、特に興奮しているようだった。

＊＊＊

「よう」

デスクで昼食を取っている結衣《ゆい》は、背中から声をかけられた。

結衣《ゆい》が振り返るとそこには、研究部門に所属する先輩社員が立っていた。

「社会連携推進部ってこんなところにあるんだな。落ち着いて仕事ができそうじゃないか」

先輩社員はそう言ってあたりを見渡す。

結衣《ゆい》が以前に所属していた研究部門のオフィスは開放的で、一人あたりに割り当てられたスペースも広い。今の結衣《ゆい》の席は、窓もなく、心なしか空間全体に活気を感じなかった。

「お久しぶりです」

「転職活動は順調か」

「……とりあえず研究所にアプライしていますけど、全然、うまくいかないです」

結衣《ゆい》が言うと、先輩社員はハハッと笑う。

「あの事件の後だ、業界内での就職は厳しいだろうな。まあ、もともと研究が好きで入ったわけでもないだろ」

「それなりに、好きだったと思います」

「それなりに好きだったと思う、ね。そういえば、あいつも総務部に異動するらしいな」

「あいつって？」

「お前の同期だよ」

「そう、なんですね」

先輩社員は反応を窺《うかが》うように結衣《ゆい》をじっと見る。しばらくして、再び口を開いた。

「──なあ、お前、本当に何も知らなかったのか」

「……何のことでしょうか」

結衣《ゆい》が目を逸《そ》らして言うと、先輩社員は「まあいいけどさ」と言って、結衣《ゆい》の机の上に立てかけてあるスマホをチラリと見る。

そこには、昼食を食べながら見ていた動画が流れていた。

「相変わらず銃で撃ち合うゲームが好きなんだな」

「単に、銃で撃ち合うだけじゃないです」

結衣《ゆい》はスマホを裏返す。

「知ってるよ。百人で殺し合って最後まで生き残ったら勝ちなんだろ？」

「全然違います。最後まで生き残ったら勝ちなのはバトルロイヤル系で、私が好きなのはタクティカルシューターです。バトルロイヤル系は全然見ないので」

「バトルに、タクティカルに、なんだって？」

「だから、一人称視点のシューティングゲームにもバトルロイヤル系とタクティカルシューター系があって、その二つは全然違うんです。タクティカルシューター系は五対五のチーム戦で、撃ち合いよりもそこに至るまでのチームの連携が重要。運要素が少なくて競技性も高いから世界では一番これが人気。もちろんそれぞれのジャンルに面白さがありますけど、私は、このジャンルが一番競技としての完成度が高いと思ってます」

「おいおい、面白いのはわかったよ。仕事の話をしている時みたいになってるぞ」

「先輩が聞いてきたんじゃないですか」

結衣《ゆい》の言葉に、先輩社員は肩をすくめて去っていく。

結衣《ゆい》は、先輩に「研究が好きで入ったわけでもないだろ」と言われた時、図星かもしれないと思った。上司から事情聴取された時、自分が同期のことを隠したのは、単に境遇に同情したからではない気がする。そもそも、研究にたいした未練がなかったのかもしれない。

結衣《ゆい》は大学在籍時、教授から大学院への進学を勧められたが、母が就職を望んでいたため進学はしなかった。教授からは惜しまれたが、特に後悔はなかった。

あの時も今も、結局、根っこは同じなのかもしれない。

立ち去っていく先輩社員の背中をぼんやりと見ていると、彼は急に立ち止まった。そして振り返り、再び結衣《ゆい》の席へと歩いてきた。

「そういえば、ちょうどいい話があるんだった」

怪しむ結衣《ゆい》に、先輩社員はニヤリと笑ってそう言った。

「部署に依頼があったんだけど、講演会とか興味ないか？」

「講演って、私がですか……？　何を話すんですか？」

「まさにそれだよ」

先輩社員は結衣《ゆい》のスマホを指差した。

＊＊＊

——完全に、公開処刑だった。

結衣《ゆい》の胸に、今日何度目かわからない後悔の言葉が浮かんだ。

トークセッションが始まる前は、エアコンによる肌寒さを感じていた。

だが、今は冷や汗が背中を伝っている。

「西川《にしかわ》さんは、今後eスポーツ業界がどうなっていくと思いますか？」

ステージ上で、女性アナウンサーが結衣《ゆい》に質問を投げかけた。

結衣《ゆい》が参加しているのは、日本最大のゲームショウでのスポンサーセッションだった。

テーマは『eスポーツと脳科学』。

結衣《ゆい》が主催者に、なぜこのテーマなのかと尋ねたら「結衣《ゆい》の会社が脳関連デバイスを販売しているからなんとなく」とのことだった。

予想通り、これまでの結衣《ゆい》の話は全く聴衆に響いていない。

仕方なくだろう、アナウンサーも、事前の台本にはない質問を投げかけてきた。

結衣《ゆい》は一呼吸おいて質問に答える。

「私は、数年以内にeスポーツがどんなスポーツよりも人気のスポーツになると思っています」

「おぉ、大胆な予測ですね！　そうなるとプロゲーマーも、今よりもっと人気が出る？」

「はい、もちろんそう思います」

「──プロゲーマーといえば、西川《にしかわ》さんのお父様もプロゲーマーだったそうですね？」

突然の質問に結衣《ゆい》は一瞬驚くが、すぐに笑顔を取り戻す。

「……はい、私の父が活動していたのは、もう十年以上前ですが」

結衣《ゆい》は、トークセッション前の雑談中に父親の話をしたことを少し後悔していた。

世間話程度にしか聞いていないように見えたのに。

その時、結衣《ゆい》はステージ脇に『終了』と書かれたプレートが掲げられているのを見た。

予定されていた一時間が、結衣《ゆい》には何時間も続いたように感じられた。

アナウンサーが微《かす》かに頷《うなず》く。

「名残惜しいですが時間のようです。皆さん、盛大な拍手をお願いします！」

アナウンサーが拍手を始めると、会場からも少し遅れて小さな拍手が聞こえた。

結衣《ゆい》は笑みを浮かべてステージを後にし、ステージ裏にあるパイプ椅子に腰を下ろした。

肩の力が抜け、大きなため息が自然と漏れる。

その時、後ろからキイッと扉が開く音が聞こえた。

会場の喧騒《けんそう》と一緒に、柔らかな風が結衣《ゆい》の頬をなでた。

結衣《ゆい》が振り向くと、控え室と会場をつなぐ扉の前には一人の男が立っていた。

「お、いたいた」

男は手を振って結衣《ゆい》の方へと歩いてくると、

「やあ、初めまして」

と手を差し出してきた。

「え、えっと」

近くで見ると、結衣《ゆい》と同じぐらいの背丈の、小柄な男だった。服装は、Tシャツに短パンとラフな格好。いきなり手を出されて戸惑っている結衣《ゆい》を見て、男は笑う。

「いや、ごめんごめん。急に驚かせたかな」

男が結衣《ゆい》から少し距離を離して苦笑する。

「あ、いえ。こちらこそすみません」

「さっきのトークセッションさ、途中までは退屈だったけど、最後の話は良かったよ」

最後以外はくだらないと言われたのだろうか。結衣《ゆい》は戸惑いながらも、改めて男の顔を見る。

端整な顔立ちで、柔らかい茶色の髪をしている。

どこかで、この顔を見たことがあるような気がする。

結衣《ゆい》は男が首から下げている名札を見る。

名札には『四条大輔《しじょうだいすけ》』と書いてあった。

やはりそうだ。著名ベンチャー企業の創業者で、創業した会社は昨年大手ＩＴ企業に買収された。四条《しじょう》が手にした資金は数十億とも言われている。

四条《しじょう》は「ああ、名乗ってなかったか」と名札を手で持ち上げて結衣《ゆい》に見せる。

「君が言ってた、ｅスポーツが一番面白いスポーツになるっていう話さ。あれって本心？」

「はい、そう思っています」

いきなり君と呼ばれて面食《めんく》らうが、ステージで言った言葉は結衣《ゆい》の本心だった。

「ふうん」

と四条《しじょう》は言って結衣《ゆい》を見つめてくる。気まずさに目を逸《そ》らした結衣《ゆい》に四条《しじょう》は「いや、それはどうでもいいな。それよりも」と手を上げる。

「君は、ヴェインストライクってプレイしてる？」

またしても唐突な質問。

「はい、私の会社もスポンサードしていますし……でも見るのがメインで、プレイはそこまで」

「十分だ。実はさ、ｅスポーツチームを作ろうと思っているんだ」

「え？」

「興味があったら連絡してよ」

四条《しじょう》はポケットに手を入れて名刺を取り出し、「はい、これ」と結衣《ゆい》に差し出す。

「いや、だからあの、私は見るだけで自分では」

「もちろん選手としては期待してないよ。まあ才能はあってもおかしくないと思うけど」

四条《しじょう》はそれだけ言うと名刺から手をはなす。結衣《ゆい》は思わず名刺を落としてしまう。

結衣《ゆい》が名刺を拾いながら顔を上げると、四条《しじょう》は既に扉を開けて外に出て行くところだった。

本当に、あの四条大輔《しじょうだいすけ》だったのか？

それに、eスポーツチーム？

頭の中でぐるぐると思考が回る。

そこでふと、先ほどまで結衣《ゆい》がいたステージの方面がざわついていることに気づく。壁にかかっている時計を見ると、いつの間にか次のイベントが始まる時間が近づいていた。

結衣《ゆい》は四条《しじょう》が出て行ったのと同じ扉を開けて、控え室を出た。

ステージの表側へと回り込むと、そこには既に長い人の列があった。

結衣《ゆい》はバッグの中に入っているチケットを取り出す。少し並んでから、受付でチケットを見せて指定の席まで歩いていく。

会場は、既にほぼ満席だった。

先ほどの結衣《ゆい》のセッションとは、観客の熱量も明らかに異なる。

結衣《ゆい》が座って少し経《た》つと、ステージを照らしていたライトがふっと消える。

消灯に合わせて、ざわついていた観客席も静まる。

会場の静寂を待っていたかのように、ステージ上のスクリーンに映像が流れ始めた。荒野のような場所に、複数のキャラクターが背を向けて立っている。軽快な音楽も流れ始めた。

この映像は結衣《ゆい》もよく知っている。ヴェインストライクのプロモーションビデオだ。会場を包む音楽は、世界的アーティストが提供した楽曲だった。

テンポよく進んだ映像はあっという間に終了した。

ステージの中央に強い光が照らされる。

そこには、映像開始までいなかった複数の人間が立っていた。

「皆さんようこそ！」

中心に立つ男性キャスターが呼びかけ、会場から爆発的な歓声が上がる。

歓声が止《や》むまで少し待って、男性キャスターが再び喋《しゃべ》り出す。

「本日はオールスターイベントにようこそお越しいただきました。ここに来られている皆さんはよくご存じだと思いますが、ヴェインストライクについて改めて紹介させていただきます」

結衣《ゆい》はスマホから、イベントのライブ中継サイトにアクセスした。

同時接続者数は、二百万人。

国内のファンイベントで、これだけの同時接続者を集めるのは驚異的だ。

スクリーンに映されたゲームの説明を、キャスターが読み上げていく。

「ヴェインストライクは、銃と各キャラクター固有のスキルを組み合わせて五対五で戦うｅスポーツタイトルです。プレイヤーは攻撃サイドと防衛サイドに分かれ、攻撃サイドは制限時間内に指定された場所に爆弾を設置し、それを起爆させることを目指します。一方、防衛サイドの目標は、制限時間までたえきるか、その爆弾を無効化することにあります。爆弾が起爆されるか無効化されるか、制限時間を過ぎるか、あるいはいずれかのチームが相手チームを全員倒すことで勝敗が決まります」

初めて観戦する人用の説明だろう。キャスターが説明を続ける。

「勝利は、いずれかのチームが十三ラウンドを獲得した時点で確定します。最初の十二ラウンドの後、チームは攻撃と防衛の役割を交代します。プレイヤーは各ラウンドで一度のみのライフを持ち、生存が勝敗の鍵を握ります。百名以上存在するキャラクターはさまざまな役割を持っており、攻撃の先鋒《せんぽう》や防衛の核としての役割を果たすなど、異なる役割を担《にな》います」

色々説明しているが要するに、異なる個性を持ったキャラクターを、マウスとキーボードで操ったプレイヤー同士がチームで戦う、一人称のシューティングゲームだ。

説明していたルールも、タクティカルシューターと呼ばれるジャンルでは定番だった。

結衣《ゆい》は説明を聞き流しながら周囲を見渡す。

観客の半数以上が、女性だ。一昔前だったらあり得ない光景だった。

「本日は、ファン投票で選ばれたプロ選手たちが勝敗を競います。では、早速入場です！」

会場が改めて暗くなり、ステージの端がスポットライトで照らされる。

スポットライトの下から、一人、また一人と選手たちが出てくる。

そのたびに、大きな歓声が会場を包む。

今のところ出てきた選手は、全て男性だ。顔もスタイルも整っている、若い選手が多い。

壇上には十個の席が配置されており、これまでに登場した選手数は八人。

「九人目は、ユウキ！」

キャスターが名前を出した直後、結衣《ゆい》の身体《からだ》が文字通り飛び上がった。

あまりにも大きな歓声が起きたからだ。

その歓声を一身に受けた男性が、手を振りながらステージへと上がってくる。

結衣《ゆい》は息を大きく吸って気持ちを落ち着かせつつ、改めて壇上を見る。

今紹介されたユウキは、国内で最も有名なプレイヤーの一人だ。

華やかなルックスを持ち、所属チームである『キングダム・eスポーツ』は日本一の実力を誇る。プロゲーマーをしながら東京大学に在籍中で、文字通りのスタープレイヤーだ。

最近のプロゲーマーは、必ずしもゲームだけに秀《ひい》でている人間ばかりではない。むしろトッププレイヤーほど、有名大学や進学校を出ている割合が多いらしい。結局、キャリアを積む道が舗装されると、環境の重要性が増すことになるのだろう。

とはいえ、もちろんそればかりではない。

どの世界にも、舗装された道なんて関係ない、特異値的な存在が出現するものだ。

ふと、会場がざわついていることに気づく。

残るはあと一人。その登場を、観客が待ちわびている空気が伝わってくる。

「そして最後はもちろんこの人、魔王の登場です！」

ステージ上でキャスターが言い終わるよりも早く、そこら中から悲鳴のような声が上がる。

光に照らされて出てきたのは、一人の女性だった。

ステージの巨大スクリーンにアップの映像が投影される。

すらっと伸びた手脚。長い黒髪を後ろで束ねており、服装は上下共に黒のパンツルック。シンプルな服装だが、それが逆に素材の良さを引き立てている。口元には控えめな笑みを浮かべ、観客席に大きく手を振っている。

現在、日本国内でeスポーツが急成長している要因は、いくつかあるとされている。

ゲーミングPCの普及や、男性選手のアイドル的人気は、確かにその一つだ。

だが、ここまで急速に認知度が高まった最大の要因は、ステージ上を歩く彼女の存在だろう。

日本最強チームのリーダーであり、日本史上最高のプレイヤー。

その強さからついた通称は『魔王』。

トッププロの中では唯一の女性で、生まれ育った家庭環境にもドラマがあった。

ネットだけでなく、テレビや新聞、雑誌などの従来メディアも彼女を大きく取り上げ、今や老若男女《ろうにゃくなんにょ》を問わず抜群の知名度を誇る。

結衣《ゆい》は、自分のトークセッション中に父親の話が出た際、それ以上深掘りされずに済んで良かったと心から思った。

数千人の視線を一身に集めている女性の名前は、西川凜《にしかわりん》。

今、日本で最も有名なeスポーツプレイヤー。

そして、結衣《ゆい》の妹だ。

＊＊＊

会社にいる結衣《ゆい》は、自席でひとり昼食を取っていた。

午前中は、この前のゲームショウに関する報告書をまとめていた。午後の予定は空白だ。

昼食を終えて席を立ち、社内に設置されているカフェへと歩いていく。

結衣《ゆい》の会社のオフィスは、大部分が壁で区切られていないオープンな設計で、天井も高い。

入社したての頃、この開放的でモダンな空間にワクワクしたことを覚えている。

しかし今は、自分の居場所がないことを際立《きわだ》たせているように感じる。

カフェには先客がいた。結衣《ゆい》と目が合うと、さっと目を逸《そ》らして店員の方へと顔を向ける。

結衣《ゆい》がかばった、同期だった。

この同期とは、あれ以来一言も会話をしていない。おそらく向こうからしても、なぜ結衣《ゆい》が何も言わないのか不気味に思っているだろう。結衣《ゆい》も気づかないふりをして注文カウンターの列の後ろに並ぶ。

同期が立ち去っていくのを確認した後、店員の前へと歩いていく。

「いつものやつでいいですか？」

よく見知った女性店員からの質問に、結衣《ゆい》は頷《うなず》く。

そこでいきなり、歓声が耳に入る。

歓声？　会社で？

音がした方を見ると、レジの中に設置された大型テレビからのようだった。

テレビ画面には、見覚えのある光景が映っていた。

「西川《にしかわ》さんもこの人知ってます？」

画面に見入っていた結衣《ゆい》に、店員が声をかける。

「あ、いえ私は」

「雑誌で最初に見た時はモデルさんかと思ってたけど、プロゲーマーなんてすごいですよね」

テレビに映っていたのは、凜《りん》だった。この前のオールスター戦の時の映像だ。

結衣《ゆい》も、この会場の中にいた。

結衣《ゆい》は店員に「こういったゲームされるんですか？」と尋ねた。

「友達とやってますよー。もちろんこの子みたいにうまくないですけど」

笑顔の店員に礼を言い、結衣《ゆい》は店の前から離れていく。

今の凜《りん》は、日本のトッププロチームでリーダーをしているという。

あの子がチームを引っ張っている姿は想像できない。

でも、何千人もの声援を一身に受けていたのは、紛れもなく自身の妹だった。

凜《りん》と最後に交わした言葉はなんだっただろう。もう、随分長い間会っていない。

そこでふと、会場で出会った四条大輔《しじょうだいすけ》の言葉を思い出した。

興味があったら連絡してよ、か。

＊＊＊

指定された住所に到着した結衣《ゆい》は、コンクリート造のオフィスを見上げる。

中目黒の駅から徒歩五分程度の好立地。一階はガラス張りになっていて、いかにも今風のオフィスだ。入り口は二階にあるようで、結衣《ゆい》が階段を上って受付のボタンを押すと「今行きます」と男の声がする。

少し待っていると、迎えにきたのは四条《しじょう》その人だった。

「すみませんね、わざわざ来てもらって。オフィスを見てほしかったんだ」

「こちらこそ突然ご連絡してすみませんでした。素敵なところですね」

「もともと広告代理店が使っていたんだよ。色々あって放置されているところを貸してもらえてさ。たいして広くないけど、スタッフとヴェインストライクチームだけなら余裕だと思う」

四条《しじょう》は早口で喋《しゃべ》りながら結衣《ゆい》を一階の会議室のようなところへと連れて行く。

「それで、マネージャー志望ってことでいいんですかね」

窓際《まどぎわ》のソファに座った四条《しじょう》は足を組んで結衣《ゆい》に尋ねた。

「まずは話を聞かせてもらえればと思いまして」

「なるほど。今の職場に居づらくなった？」

結衣《ゆい》は自分の表情が歪《ゆが》むのを感じる。

自分の名前を検索すれば出てくるレベルのニュースだ。知っているのも当然だろう。

一息ついて、気持ちを落ち着かせる。

「はい、それもあります」

「あの件については同情するよ。まあ、運が悪かったね。でもこっちとしては運が良かった。半分勢いで名刺を渡したけど、流石《さすが》に来てもらえるとは思ってなかった。それで、何をしてほしいかだったね」

四条《しじょう》は一呼吸おく。

「端的に言うと、うちのチームの経営をしてもらいたいと思っている」

「経営？」

「選手の獲得から、チーム運営、プロモーションまで任せたい」

四条《しじょう》の提案は、結衣《ゆい》が予想もしていなかったスケールの話だった。

「えっと、どうして私なんでしょうか。畑違いですし、全く経験がない人間に」

「eスポーツチームを運営した経験なんて、持っている人間の方が少ないよ。重要なのは意欲と地力だ」

「意欲と地力、ですか」

四条《しじょう》は「まあ、どうして自分にと思うのも無理もないか」と言って脚を組み直す。

「こっちだって、来てもらえるなんて思ってなかったからね。君の方はエリートコースから軽々と外れられるタイプじゃなさそうに見えたしさ。でも、こちらでの待遇は悪くないと思うよ。少なくとも初年度は前職と同等の給料を保証しよう」

意外な提案に思わず「え」と声が漏れる。四条《しじょう》はニヤリと笑う。

「ゲームチームのマネージャーごときに、って？　そんな甘い仕事じゃないよ。実際、他のチームも有能な人材には金を払ってる。逆に言うと、うまくいけばそれだけの金を稼げるマーケットってことだ」

「すみません、正直意外でした」

「謝らなくてもいいさ。ただ、もちろんリターンだけじゃない。結果は出してもらう必要がある。最低でも世界大会には出てもらいたい。理想としては、日本最高のチームを作ってほしい」

日本最高のチーム。流石《さすが》に求めるハードルは高い。

「まあ、もしチームが潰れても、僕の会社の研究部門を紹介してあげるよ」

「ほんとですか」

思わず声が漏れる。

四条《しじょう》が立ち上げた会社は、研究部門が強いことで知られている。今の結衣《ゆい》が普通に応募しても門前払いだろうが、四条《しじょう》の紹介だとしたら別だ。

「こっちは本当に嬉《うれ》しそうだね」

「いえ、そんなことは。でも、本当にどうしてそんな待遇で」

「評価しているって考えてほしいね。どうだろう。冷やかし半分だったけど、意外に良《い》い話だと思ってくれてきた感じかな？」

結衣《ゆい》は図星をつかれた気がして思わず下を向く。

どう返事を返すか迷う結衣《ゆい》の頭にふと、先ほどの四条《しじょう》の言葉が引っかかった。

君の方は。

四条《しじょう》はそう言った。

「もしかして、妹の、凜《りん》のことを知ってるんですか」

顔を上げた結衣《ゆい》の言葉に、四条《しじょう》の目が一瞬大きく開く。

「ご家族のことはこの前のイベントの時から気づいていたよ。ネット上では全く話題になってなかったみたいだけどね。僕はたまたま、西川《にしかわ》に二人の娘がいて、片方が魔王だってことを知っていたからね。まさか、姉があの場で前座をしてるとは思わなかったけど」

「父のことも、ご存じなんですね。妹とは、今はほとんど連絡も取っていないです」

「そうなのか。あの事件がきっかけかい」

やはり、あの事件のことも知っていたのか。

父は世界大会でミスをしてから、そのまま負けてしまった。

チート疑惑の話もどこかから漏れて、根も葉もない噂《うわさ》が広まっていった。スポンサーは離れ、ファンも急激に減った。そのまま母と父の関係は悪化し、ほどなく離婚した。

「妹さんとは一緒に暮らしてなかったの？　もちろん、話したくなかったらいいけど」

「いえ、大丈夫です。両親は離婚しましたが、父が収入を失ったので、私たちの親権は母に移りました。でも、凛《りん》は大阪に残ることを選びました。友達もいたし、父のそばにいたいと」

「けど、西川《にしかわ》はその後たしか」

「はい、働きながらゲームを続けていましたが、亡《な》くなりました。眼《め》の病気があり、運転中の事故で。凛《りん》が高校を卒業する頃でした」

「なるほどね。そこから姉妹の運命が分かれたってわけだ」

「……やっぱり、妹のことがあるから私に声をかけてくれたんですか？」

「『魔王の姉』のブランドに興味がないと言ったら嘘《うそ》になるね。もちろん、マネージャーとしての働きに期待しているという言葉に嘘《うそ》はない。ただ、それだけではないってことさ」

四条《しじょう》はコーヒーを一口飲んで「今度はやる気をなくしたかな」と挑発するように言った。

そこで結衣《ゆい》の頭にふと、先日のイベントでの凜《りん》の姿が浮かんだ。

誰にも興味を持たれなかった自分と対照的に、何千人もの観客の注目を集めていた凜《りん》。

会社で窓際《まどぎわ》にいる自分と、今や日夜メディアに出ている凜《りん》。

そして今も、結局は凜《りん》の影があるからこそ、四条《しじょう》は自分に声をかけてきた。

結衣《ゆい》が黙っていると、四条《しじょう》が口を開く。

「この場で決めなくてもいいよ。誰か信頼できる人に相談したらいいんじゃないかな」

信頼できる人。

母に相談したら卒倒するのは間違いないだろう。大学時代は研究しかしておらず、会社に入ってからも仕事だけだ。相談できるほど親しい人は、結衣《ゆい》にはいなかった。

なおも黙っている結衣《ゆい》を見て「そうだ」と四条《しじょう》が言った。

「それこそ、妹さんに相談してみれば？」

＊＊＊

土曜日の昼間、新宿にあるホテルのラウンジの一角。

結衣《ゆい》は、テーブルに面した二つの椅子のうちの一つに座っていた。

結衣《ゆい》の向かいの席は、まだ空席。

そこに座るべき人物との会話を頭の中でシミュレートしていると、知っている姿が目に入った。向こうも気づいたようで、真《ま》っ直《す》ぐにこちらを見て歩いてくる。

「凜《りん》、久しぶり」

結衣《ゆい》の前の席に腰かけたのは、先日ステージ上で数千人から喝采を浴びていた人物。

「うん」

凜《りん》はそれだけ言ってメニューに目を通す。

ステージ上にいた時と同じく、上下ともに黒の服を着ている。だが、雰囲気は全く違う。今は長い髪を自然に下ろしているが、それだけではない。この無表情で無口な凜《りん》の方が結衣《ゆい》にとっては見慣れた姿だった。

ふと、先ほどまでは感じなかった視線を感じる。

近くにいる客がちらちらとこちらを見ているようだ。

今や凜《りん》は雑誌やテレビに出ている有名人だ。知っている人がいてもおかしくない。

凜《りん》は店員にアイスミルクを注文し、結衣《ゆい》の方を見る。

「それで、話って何？」

相変わらず、雑談は一切ない直球だ。結衣《ゆい》は心の中で苦笑しながら話し始めた。

「実は、eスポーツの会社に就職しようかと考えてる」

凜《りん》の顔に、わずかな変化が見られた。

「どういうこと？　今の会社は？」

予想通り、凜《りん》は結衣《ゆい》の事件のことは知らないようだ。業界内では話題となったが、所詮そこまでの事件だった。結衣《ゆい》の名前も、意識的に調べない限りは出てこない。

「知り合いが新しくチームを立ち上げるから、そこのマネージャーにならないかって」

「仕事で何かあったの？」

「どうして？」

「お姉ちゃん、今の会社に入るために頑張ってたよね」

「それは、そうだけど」

「だから仕事上で何かあったのかなって思ったんだけど」

そうだ。凜《りん》は昔からこうだった。

自分の考えをはっきりと言い、相手に言い逃れさせる隙を与えない。

責め立てられたように感じる同級生と、しばしばトラブルが生じていた。

「ううん、本当に何もないから。もちろん経験はないし、不安はあるよ。でも、最近eスポーツってすごいでしょ？　凜《りん》の姿もしょっちゅうテレビや雑誌で見るしね」

結衣《ゆい》は笑顔を作るが、自然な笑顔になっているか自信はない。

「すごいって、何が？」

「だってさ、凛《りん》のチームメイトってスマートで多才じゃない。これまでのプロゲーマーのイメージを良《い》い意味で壊してるよね。雑誌やテレビでの扱われ方も全然違うし」

「つまり、お姉ちゃんは今eスポーツにスペックが高い人が集まっていて、人気があるからeスポーツ業界に入りたいってこと？」

凛《りん》がさらりと言ったその言葉が、結衣《ゆい》には深く突き刺さった。

「もちろん、それだけじゃないよ。それに個人的にはそういう面ばかり取り上げるのもどうかと思うけど。選手たちは経歴やルックスじゃなくて実力や努力で評価されたいって思うでしょ」

結衣《ゆい》の言葉を凛《りん》は黙って聞いていた。

結衣《ゆい》が沈黙に耐えかねて口を開こうとしたその時、凛《りん》は首を振りながら「私はそうは思わない」と言った。

「興味を持ってくれるきっかけはなんでもいい。見てくれる人が増えれば、そこから本気で好きになる人も増える。お金だって、本当はもっと稼がなくちゃいけない」

結衣《ゆい》は凛《りん》の考えを聞いて少し意外に思った。

だが、それならそれで悪くない。結衣《ゆい》はわずかに身体《からだ》を前に傾けた。

「私も少し調べたけど、プロチームの母体ってほとんどが中小企業なんでしょ？　私に声をかけてくれている社長は、大きな資本を投下して一気に拡大させるべきって考えているみたい。あ、四条大輔《しじょうだいすけ》って人で、凜《りん》は知らないかもしれないけどベンチャー企業の創業者で……」

「知ってる。私も声かけられたから」

なんだって？

四条《しじょう》からそんなことは聞いてない。結衣《ゆい》は内心焦《あせ》るが、落ち着けと言い聞かせる。

「あ、そ、そうなんだ。で、まずはね、凜《りん》がやっているヴェインストライクを中心にチームを編成していこうって話をしていて。また改めて凜《りん》にも紹介したい」

「なんで？」

結衣《ゆい》はふぅと息を一度吐き、強く手を握った。

「──凜《りん》に、私たちのチームに入ってもらうことって、あり得るのかな」

あれ？

私は、何を言ってるんだ。

今日は、転職の相談をするのではなかったのか。

「もちろん凜《りん》の契約もあると思う。けどお金で解決できるのであれば、なんとかなると思う」

四条《しじょう》は、日本最高のチームを作ってほしいと言っていた。

もし今、日本最高のチームを作るとしたら。

そこに必要な要素として一番に浮上するのは、目の前にいる『魔王』だろう。

「どうかな。突然のことだと思うんだけど。環境や待遇は今のチームより良《い》いものを用意できると思う。プロモーションにもずっと力を入れたい」

凛《りん》が今所属しているキングダム・eスポーツは、eスポーツが世間で流行《はや》る前からプロゲーマーを抱えていた中小企業が母体だ。社長が趣味の延長で始めたらしい。資本力では、四条《しじょう》がバックにいる結衣《ゆい》たちに圧倒的に分がある。

「eスポーツ業界って、拡大スピードに企業側がついていけていないと思う。契約も杜撰《ずさん》なものが多いみたいだし、変えていきたいんだ。凛《りん》が入ってくれたら、私としてもとても心強い」

結衣《ゆい》が凛《りん》の反応をじっと待っていると、凛《りん》が結衣《ゆい》の目を真《ま》っ直《す》ぐに見て言った。

「あのさ、お姉ちゃん。私もお金や環境は大事だと思ってる」

凛《りん》はアイスミルクを一口飲み、「でもね」と続けた。

「そのために、今一緒にやっている仲間や会社の人を捨てることはできない。数年前までは、eスポーツやプロゲーマーなんて言っても白い眼《め》で見られてたの。お姉ちゃんだって、よく知ってるでしょ。社長や仲間は、今みたいに世の中から認められる前からやってきた人たちなの」

結衣《ゆい》は、凛《りん》が父の葬儀で、ゲームの道へ進むと言った時のことを思い出した。

母は、そんな不安定な道へ進むのは反対だと言っていた。

結衣《ゆい》は、あの時どうして自分が凛《りん》のことをサポートできなかったのかを、たまに考える。

今思うと、凛《りん》が父のもとでずっとゲームを続けていたことに、自分は薄々気づいていたのではないか。

母の期待に応えて第一志望の大学に入り、ゲームとは無縁の日々を送っていた自分と、真《ま》っ直《す》ぐに夢を目指し続けた凛《りん》。

あの時、自分が凛《りん》に対して感じたのは、ある種の羨ましさではなかったか。

そんな思いが頭に浮かびつつも、結衣《ゆい》は目の前の会話に集中する。

「でも、凛《りん》はそれでいいの？　周りの人に合わせるだけで。自分の希望や、やりたいことにもっと正直になってもいいんじゃないの」

「今私の周りにいる人たちを幸せにすることが、私がやりたいことだよ」

そこで凛《りん》は一息ついて、結衣《ゆい》の目を改めて見つめる。

「そもそも、お姉ちゃんのやりたいことは何なの？」

「え？」

思わぬ質問に結衣《ゆい》は一瞬固まる。

「お姉ちゃんは何をやりたいの？　eスポーツが盛り上がってるからやりたいだけなの？　企業で研究がやりたかったんじゃないの？」

「それは、私だって」

「もしeスポーツに興味がないのにただ流行《はや》ってるからやりたいんだったら、幸せになれないと思う。今どれだけ新しいチームができているか知ってる？　ゲームの知識がない人がいきなり参加してきて、いきなり活躍できる世界じゃないよ」

膝に置かれていた結衣《ゆい》の手が、ぴくりと動いた。

そんな結衣《ゆい》に気づいていないのか、凛《りん》は下を見ながら、声のトーンを落として言葉を続けた。

「でも、もし、もし本当にお姉ちゃんが興味あるなら紹介はできるかもしれない」

「……紹介って、誰を何に？」

「私たちのチームで、見習いみたいな仕事とか」

「……見習い？」

「そこでゆっくりと知識をつけるっていう手はあると思う」

ゲームの知識がない人。見習いなら紹介できる。

そうか。凛《りん》に、今の私はそう見えているのか。

——いや違う、凛《りん》だけじゃない。

四条《しじょう》が私に声をかけてくれたのだってそうだ。

結衣《ゆい》は頭に血が上ってくるのを感じる。

手をグッと握り、机を見つめる。

「私だって、ずっと続けていた」

「え？」

「私だって、ずっとゲームを続けてたって言ってるの。お父さんと離れてからも、ずっとゲームは見てきた。もちろん凜《りん》やお父さんみたいにプレイはうまくないけど、ヴェインストライクだって、凜《りん》が出てる試合は全部見てるし、海外の試合だって見てる。私だって」

――お父さんの娘なんだ。

結衣《ゆい》が顔を上げると、凜《りん》が大きな瞳を広げて結衣《ゆい》を見つめていた。

「お姉ちゃんが、ヴェインストライクを見てるの？」

「そうだよ」

「私の試合も？」

結衣《ゆい》はもうヤケクソだった。

抑え込んでいた感情が、まるで噴火するかのようにあふれ出ていた。

「何よ、見ちゃ悪いの。凜《りん》のクセだって、凜《りん》のチームの他の選手のことだって全部知ってる。私だったら、凜《りん》に勝てるチームを作ることだってできる」

「お姉ちゃん、ちょっと待ってよ、なに言ってるの？」

結衣《ゆい》の言葉に困惑した凜《りん》が尋ねた時、机に置いてある凜《りん》のスマホが鳴り始めた。

「ああ、ごめん、ユウキたちが近くに来てる。実はこのあと撮影が入ってて」

バッグの中から財布を取り出しながら、凜《りん》は早口で言う。

「けど、お姉ちゃん……やっぱり、もう一度考えた方がいいと思う」
凜《りん》は千円札を机に置くと、早足で出口へと向かっていった。
凜《りん》の姿が見えなくなったと同時に、結衣《ゆい》はテーブルに突っ伏した。
言ってしまった。
もう、後に引けないではないか。
結衣《ゆい》は頭を抱えながら、いつから有休を取るかを考え始めた。

昼下がりの中目黒。

がらんとしたオフィスの二階で、結衣《ゆい》と四条《しじょう》が向かい合って話をしていた。

二階の半分は執務エリアになっており、ソファが設置されている休憩スペースもある。

パーティションで仕切られた残り半分の空間はまだ何もなく、今後ゲーミングスペースになる予定だ。

「妹さんと話したらケンカして、その勢いでチームに勧誘した？　しかも断られたって？」

結衣《ゆい》が頷《うなず》く。

「あはは、結衣《ゆい》さん意外と面白いね。そういうの好きだよ。ただ言い忘れていたけど、彼女には前に一度声をかけたことがあったんだ。その時はあっけなく断られたけどね」

結衣《ゆい》は「すみません、お役に立てず」と言いつつ、断られたことを言わなかったのは絶対にわざとだろうとも思った。

「いいよいいよ。ちなみに他にアテはある？」

「妹に頼めば誰か紹介してくれるかもしれませんけど」

「それはちょっと面倒そうだな。まあ、任せるよ。最高のチームを作ってくれればそれでいい。実力だけじゃなく、ルックス、キャラ、経歴にも気をつけてほしい。何か質問ある？」

サラッと高い要求を並べられた。

結衣《ゆい》は、浮かんできた無数の質問の中で、一番どうでもいい質問を口にした。

「あの、チーム名は決まっていますか」

「ああ、確かにそれは重要だな。そうだ、かっこいいやつをＡＩに提案させてみるか」

四条《しじょう》はスマホをいじり出し、すぐに「お！　これいいじゃん」と画面を結衣《ゆい》に見せてきた。

「エニグマ・ディヴィジョン、ですか」

なぜ、暗号機？　中二病？　ダサくない？

思わずそんな言葉が口から出そうになる。

「シンプルだけど気に入った」

結衣《ゆい》の気持ちに気づかない四条《しじょう》は上機嫌だった。

四条《しじょう》は次の用事があるからとそのままオフィスを出て行き、結衣《ゆい》は一人取り残された。

四条《しじょう》は、最高のメンバーを集めろと言っていた。

もちろん、できるならばそうしたい。実際、予算は潤沢だ。

しかし、問題はタイミングにあった。

シーズン開幕はもう間近に迫っている。凛《りん》のような有名選手はチームが手放すはずがなく、フリーエージェントとなっていた有望な選手たちも既に新チームと契約済みだろう。

結衣《ゆい》は、思わずオフィスの天井を仰ぐ。

結衣《ゆい》がこの前まで勤めていた会社と似た、モダンな吹き抜けデザインだ。

違うのは、その空間にいるのが自分だけということだった。

ついこの前までは何もなかった、中目黒オフィスのゲーミングスペース。

そこに今は、ゲーム用のデスク、チェア、PC、それにモニターがずらっと並んでいる。

だが、その空間に座っているのは、相変わらず結衣《ゆい》一人だけだ。

結衣《ゆい》はヘッドフォンをつけているものの、その右手に握っているのはマウスではなくボールペンだ。忙《せわ》しなくノートにメモを書き込んでいる。

結衣《ゆい》の目の前のモニターには、激しく動くゲーム画面が映っていた。

「フラッシュ頼む！」

男性の声が結衣《ゆい》のヘッドフォンから聞こえた瞬間、画面の端が明るく光った。その光に合わせて、結衣《ゆい》の画面に映るプレイヤーは素早くポジションを変える。

目の前に人影が現れた瞬間、手に持っていたライフルが頭を撃ち抜いた。敵を倒した時のエフェクトが画面上に表示されると同時に、ラウンド勝利の文字が大きく表示された。

次のラウンドが始まるまでの準備時間。

「ナオト、フラッシュのタイミングもう少し早くしてほしい」

先ほどの声が再び聞こえた。

＊＊＊

フラッシュとは、敵の視界を一時的に奪うサポートスキルのことだ。

「いや、あのタイミングがベストだろ」

高い声で応えるのは、先ほどナオトと呼ばれたプレイヤーだった。

議論を交わしている二人は、セジュンとナオト。

セジュンは韓国系日本人で、本名もセジュン。

ナオトはハンドルネームで、こちらは両親ともに日本人。

二人とも十九歳の男性で、既にチームの選考を通過し、メンバーとして確定している。

結衣《ゆい》たちは現在、『スクリム』と呼ばれる練習試合をしていた。

プロチームでは、毎日スクリムを数試合行い、その後に反省会や作戦会議をするのが一般的だ。今のスクリム相手は、韓国の中堅プロチームだった。

次のラウンドが始まるまで続きそうなナオトとセジュンの議論に、別の声が割り込む。

「おい、そういうのは反省会でやれよ」

と声をかけたのはテオだった。テオはセジュンの同級生で、韓国系の日本人男性。先に喋《しゃべ》っていた二人と同様に、テオも既にメンバーとして確定していた。

次のラウンドが始まると、一瞬静寂が訪れたところで、指示が飛んだ。

「次はフェイクでいこう。テオとナオトがアクションを起こして、残りは逆サイドで待機」

この指示を出したのはジンだ。

ジンも既にチーム入りが確定している選手で、年齢は二十六歳の日本人男性。別ゲームでは日本代表をした経験も持つベテランだ。選手の中では最もキャリアが長いこともあって、自然にチームのオーダーをしている。オーダーとは、要するに司令塔のことだ。

ジンやナオトはハンドルネームで、本名で呼ばれているところは見たことがない。そもそも互いに本名を知っているかも疑わしい。この業界はハンドルネームでの呼び合いが一般的だ。

「ジンさん、後半どうする？　前半と一緒の感じでやっていい？」

「ああ、そうしよう」

現在は、前半が終わってハーフタイム中だ。結衣《ゆい》たちのチームであるエニグマは、前半で半分のラウンドを取っていた。悪くないが、日本一を目指すには全く物足りない。

後半が始まって、いくつかのラウンドを重ねていく。

「あー、そこは僕のスキルに合わせて突っ込んでほしかったな」

敗北したラウンドでナオトがそうこぼすと、今まで静かだった声が

「あ……すみません」

と自信なさげに謝る。

ナオトは「いや、別に謝んなくていいんだけどさ」と言うものの、失望が声に漏れ出ている。

今結衣《ゆい》たちが行っているスクリムは通常のスクリムではなく、『トライアウト』と呼ばれる選手選考用のスクリムだった。チームには五人の選手が必要で、既に四人は確定したものの、

最後の一人を探す作業が難航していた。

結衣《ゆい》が懸念《けねん》していた通り、有望なフリーエージェント選手は既に他チームに内定していた。

そのため、まだ所属が決まっていない選手たちの中から、結衣《ゆい》なりの基準でリストアップして、評価をつけていった。

セジュン、テオ、ナオト、そしてジンの四人はその中の上位四人だった。四条大輔《しじょうだいすけ》のネームバリューと、ある程度の賃金をオファーできたのが幸いしたのか、全員がオファーを承諾してくれた。

しかし、チームの最後の一人が問題だった。

ヴェインストライクでは、五人の選手がそれぞれ異なる役割を持つキャラクターを使用する。具体的な役割としては、攻めの起点、その支援、あるいは守備の要となる役割がある。

全ての役割が重要であるものの、エース級の選手は攻めの起点を担《にな》うことが多い。現在確定している四人のうち、ジンとテオは支援役、ナオトは守備の要を専門としている。セジュンは攻撃的な役割を担《にな》うが、最前線の一歩後ろを得意としている。

つまり、先頭を切り開く選手がまだ見つかっていなかった。

「俺らのこと気にしないで自分の判断で飛び込んでいいよ」

セジュンの明るい声が聞こえるが、彼もトライアウト中の選手にあまり満足していないようだった。

トライアウト後、選手候補者がボイスチャットからログアウトすると、テオがつぶやく。

「なんか物足りないな」

テオの言葉にナオトが反応する。

「なんていうか、歩き方からしてダメなんだよな。最初からテンション下がっちゃったよ」

セジュンが横から口を挟む。

「歩き方？　ゲームなんだからそんなの全部一緒だろ」

「そうじゃなくてさ、ラインの取り方っていうの？　僕、微妙な歩き方されると他人でもめっちゃ気になるんだよね。まあセジュンは気にしてないかもしれないけど」

「ふうん、前歩く奴《やつ》のことそんな目で見たことなかったわ」

「セジュンは自分でもたいして考えてないだろ」

「な、それぐらい、いや、どうだろ……」

「やっぱり感覚派か。まあセジュンは何も考えてないけどちゃんと最適なライン取れてるよ」

話を聞きながら結衣《ゆい》がふと時計を見ると、次のスクリムまで時間がないことに気づいた。

「もうすぐ今日最後のスクリムです。トライアウト候補者も次が最後ですね」

結衣《ゆい》の呼びかけにセジュンが反応した。

「次って結衣《ゆい》さんが見つけてきた人だっけ？　たしかチーム経験もないんだよね？」

「はい、チーム経験はないと聞いてます」

「ふうん」と応えるセジュンの声に期待感はない。ナオトが「あー疲れた」と言っている声が聞こえてくる。結衣《ゆい》は不安を抱えつつも、

「次の候補者をボイスチャットに呼びますね」

結衣《ゆい》が候補者にメッセージを送るとすぐに、ボイスチャットにログインする音が聞こえた。

「――では自己紹介をお願いします」

「え、あ、はい、えーと……。ねえ結衣《ゆい》さん、これって何言えばいいの？」

結衣《ゆい》は苦笑する。

「名前だけで大丈夫」

「あ、そうなんだ！　えっと、リンです。よろしくお願いします！」

リンと名乗った候補者は元気よく答えるが、エニグマのメンバーは誰も反応しない。

結衣《ゆい》は手元にあるリンの経歴書をみる。

彼女の本名は、ハンドルネームのＬＩＮと同じで、リン。

沈黙が続くかと思われたその時、

「は？　女？」

ナオトがつぶやく声がヘッドフォン越しに聞こえた。

今日最後のスクリムが、終盤に差し掛かっていた。

今は、結衣《ゆい》たちが攻撃サイドだ。プレイしているマップは、未来都市の夜景を背景にしたマップで、高層ビルや飛び交う無人車、ネオン広告が特徴だった。

「最終ラウンドはAラッシュで行こう」

ジンの提案がヘッドフォン越しに聞こえてくる。

ヴェインストライクの各マップには、『ボムサイト』と呼ばれる爆弾を設置可能な目標地点がある。マップによって二つから三つの目標地点があり、それぞれA、B、Cサイトと名前が付いている。

例えば今のマップだとAサイトは高速道路の交差点で、車や周囲のビルを利用した複雑な戦術が求められる。Bサイトは屋上公園で、このマップならではの多数のギミックが用意されている。

ここで、ラッシュとはどこかのサイトに全員で突撃することを指す。

つまりAラッシュの場合、Aサイトに全員で突撃することになる。

ラッシュはシンプルな戦略だが、もし攻撃サイドが統率を取れれば、分散して複数の目標地点を守らなければいけない防衛サイドを圧倒できる。

逆に、統率が取れていないラッシュは、少数の人員で簡単に防がれてしまう。

シンプルだからこそ、チーム力が最も出やすい作戦だった。

なかでも特に、先頭を担《にな》うプレイヤーの練度が低いとラッシュは失敗しやすい。

一定以上のレベルのチームだと、防衛サイドでラッシュを受けた際、先頭のプレイヤーを後続とうまく分断してくる。そのため、前線のプレイヤーには、孤立してもなお生き残る能力が求められる。

先ほどのトライアウト候補者では、最後までラッシュは成功しなかった。

だが、リンは違った。

「スキル欲しい！」

リンが短く言い、目標サイトに飛び込んだ。即座にテオとジンが支援スキルを放つ。リンの直《す》ぐ後ろにはセジュンが付いていき、ナオトが背後を警戒する。

結衣《ゆい》はリンの画面に集中しようとする。

だが、視点移動があまりにも速すぎる。

結衣《ゆい》が状況を把握しようとしているうちに、銃口の先に敵が登場した。瞬間、リンのライフルがその頭を撃ち抜いた。

「奥にもう一人」

セジュンが短く報告するのを聞いて、リンは素早く敵陣深くへと入り込む。そして敵を視認するとほぼ同時に、頭を撃ち抜いた。聞こえた銃声は一発だけ。綺麗な一《ワン》タップキルだった。

ラウンドが開始してから目標地点を制圧するまで、この間ほんの十秒程度。

その間の発言量は極めて少なく、前のトライアウトの半分以下だ。試合開始時こそ声をかけ合いながら進めていたが、今は必要最低限の情報共有以外、ほぼ無言。

だが、それがむしろ完璧なコミュニケーションのあり方だった。

「横から二人」

リンが警告した直後、側面から銃声が聞こえる。

ログを見ると、セジュンが敵を二人立て続けに倒したようだった。

背後から来ていた敵も、警戒していたナオトがしっかりと倒し切り、結衣《ゆい》たちエニグマは危なげなくラウンドに勝利した。

ラウンド終了と同時に試合も終了し、選手たちは順番にゲームからログアウトしていく。

ナオトがつぶやく声が聞こえる。

「パーフェクトゲームとかめっちゃくちゃ久々なんだけど」

ナオトの声には、隠しきれない高揚感が含まれていた。

ナオトが言った通り、このスクリムでエニグマは一ラウンドも落とさなかった。

「リンさん、ありがとうございました。今日はこれで終了となります。またこちらから合否のご連絡を差し上げますね」

「あ、ありがとうございます。……えっと、結衣《ゆい》さんこれってもうログアウトしていいの？」

「うん、また連絡するから」

「はーい」

リンがボイスチャットを抜けた後、エニグマのボイスチャットにいつもの賑《にぎ》やかさはなく、沈黙が続いた。

結衣《ゆい》が沈黙を破る。

「あの、どうでしたか」

「いや、どうでしたって言われても……ねえ？」

言いよどむナオトの声を聞いて、結衣《ゆい》は再び不安になる。

「この方もダメでしょうか」

「いや……ダメっていうか……結衣《ゆい》さん、あの女の子って実は魔王だったりする？」

「え、どういうことですか？」

「だって名前も同じじゃん。僕たちにドッキリ仕掛けてる？　もしかして動画化してバズらせる計画？」

「えっと、ドッキリ……じゃないんですが」

ナオトの言葉に結衣《ゆい》が困惑していると、セジュンが話に入ってきた。

「いや、魔王とは全然違うだろ。魔王のプレイはもっと素直っていうか王道だし……。さっきの奴《やつ》はなんていうか、全部破壊していく感じ？　ていうか結衣《ゆい》さんどこで見つけてきたの？

魔王以外にリンなんてプレイヤー聞いたことねえし。あれだけ強くてこれまで知られてないはずがないと思うんだけど」

「あの、最近知り合ったんですけど、普段は海外サーバーでプレイしているみたいです」

結衣《ゆい》の言葉にテオが反応する。

「そういえば、切り抜きで見たことある。女ってのは知ってたけど、日本人だったのか」

「テオさんはどう思いますか？」

「……なんていうか、見たことないプレイスタイルだよな。無駄な動きも目立つし、セジュンも言ってるけどお手本とはかけ離れてる。でも、気づいたら敵を倒してる。ちなみに、ゲーム始めてどれぐらい？」

「一年、と言っていました」

「一年？　それってヴェインストライクだけでってこと？」

「いえ、そもそもパソコンゲームを始めたのが、一年前だと」

「なんだそれ……ますますわかんなくなってきた」

テオが黙り込む。

その時、オフィスの扉が開く音がして、結衣《ゆい》は振り返る。

「あ、四条《しじょう》さん、ちょうどよかった」

選手の採用は重要な意思決定なので、結衣《ゆい》はその都度四条《しじょう》にも相談していた。

これまでの四人については特に異論もなかったが、今回はどうだろうか。

結衣《ゆい》は四条《しじょう》に簡単に状況を説明すると、四条《しじょう》は腕を組みながら頷《うなず》く。

「なるほどね、その女の子の年齢は？」

「十七歳です」と結衣《ゆい》が答えると、ヘッドフォン越しに「ＪＫかよ！」とナオトの声が聞こえる。

「学校は？　親の了解は大丈夫？」

「学校は通信制です。ご両親はお父さんしかいないそうですが、問題ないと言ってました」

「通信制って、プロゲーマーをしていたわけじゃないんだよね」

「はい、未経験です」

「なるほど、無名の最強女子高生か。しかも魔王と同じ名前ね。面白い」

「それなら」

「これでチームに五人揃《そろ》ったわけだ」

四条《しじょう》の満足そうな声が、がらんとしたオフィスに響き渡った。

＊＊＊

「あー眠い」

オフィスに一人でいる結衣《ゆい》は、大きくあくびをする。今日は久しぶりに朝早くに起きた。

ようやくチームメンバーが正式に決まったものの、大会まで時間もあまりない。

結衣《ゆい》たちエニグマは、今日から『ブートキャンプ』を始めることになっていた。

ブートキャンプとは、オフラインで集まって行う合宿のようなものだ。大会までの期間、エニグマのメンバーは直接会って練習をすることになる。

リン以外のメンバーは全員が東京近郊に住んでおり、中目黒のオフィスまで通勤可能だった。リンだけが新潟に住んでおり、昨日には結衣《ゆい》が手配したマンスリーマンションに入居したはずだった。

みんな、朝に間に合うかな。

夜型の選手たちの通勤に対する不安を胸に待っていると、インターフォンが鳴った。

結衣《ゆい》が急いで入り口へと向かうと、ドアの前には二人の若い男性が立っていた。

二人とも、流行《はや》りの服を着ており、すらりとした体形だ。一人は丸メガネをかけており、身長は結衣《ゆい》よりも少し高いぐらい。もう一人は裸眼で、こちらはだいぶ長身だった。

「えっと、テオさんとセジュンさんですか？」

結衣《ゆい》が尋ねると、

「はい！　よろしくお願いします！」

とメガネをかけていない方が勢いよく答えた。声から、彼がセジュンであることがわかる。もう一人の男性は、結衣《ゆい》には目もくれずスマホをいじっている。こちらがテオだろう。

「お会いするのは初めてですね。よろしくお願いします」

結衣《ゆい》が頭を下げると、セジュンが笑顔で「いえいえ、こちらこそ」と応じた。テオもスマホから顔を上げ、「よろしく」と静かに言った。

二人をオフィス内へと引き入れた結衣《ゆい》は
「ええと、じゃあそちらでお待ちいただけますか」

と段ボール箱が積まれた長いテーブルを指差す。

段ボール箱には、昨日届いたばかりのマウスやマウスパッドが入っていた。

テオとセジュンは早速、自身のデバイスを取り出している。

二人はともに韓国系の日本人で、日本で育った幼なじみだ。声だけでコミュニケーションを取っていた時にはあまり感じなかったが、直接顔を合わせてみると、思った以上に今どきの若者だった。

そこでオフィスのインターフォンが再び鳴った。結衣《ゆい》は小走りで入り口へと向かう。

「ジンさん、ですよね？」

ドアの前に立っていたのは、ネット上で何度か見たことのある男性だった。セジュンとテオたちよりも年齢はだいぶ上に見える。セジュンやテオと比べると背が低いが、がっしりとした体格で、スポーツ選手のような雰囲気をまとっていた。

「はい。結衣《ゆい》さん、ですよね。よろしくお願いします」

ジンが頭を下げて言った。結衣《ゆい》はテオとセジュンのところへジンを連れて行く。

「お、ジンさん。会うのめっちゃ久々」

「セジュンか、お前が遅刻しないの珍しいな」

「流石《さすが》に初日ぐらいはね。てか今日って残り二人も来るんだよね？」

セジュンに尋ねられた結衣《ゆい》が頷《うなず》くと、ちょうどオフィスのインターフォンが鳴った。

結衣《ゆい》が迎えに行くと、そこには小柄でダボダボの服に身を包み、長髪を鮮やかな金髪に染めた少年が立っていた。

「どうもー、ナオトです。あ、結衣《ゆい》さんだよね？　実際に会うのは初めましてだね、よろしく」

自己紹介を終えたナオトがスルッと結衣《ゆい》の脇を抜けて通り過ぎる。

しかしそこで後ろを振り向いて、「ていうか実物、めっちゃ美人だね」と言った。

「え、いや、あの、ありがとうございます」

結衣《ゆい》が言い終わらないうちにナオトは奥に行って選手たちと話している。

「いやあ、昨日コラボ配信が盛り上がりすぎて深夜までぶっ通しだよ。今もめっちゃ眠くて」

「さっすが人気ストリーマー」とセジュンが言う。

するとナオトが部屋を見回し、確認するように言った。

「ん、この四人だけ？」

「リンがまだ来てないです」

「あーはいはい、どうせ初めての東京で迷ってんじゃないの。てかコーチってどうするの？」

「実はまだ決まっていなくて」

「良《い》いコーチってなかなかいないんだよなあ。魔王のところもこの前クビになってたよね。今ってユウキさんがプレイングコーチしてるんでしょ」

「一応、四条《しじょう》さん経由で、コーチ先を探している元プロ選手を紹介してもらえそうです」

「へえ、そうなんだ。でも今の時期に売れ残っているコーチってちょっと怪しくない？」

ナオトがそう言うと横から「いやそれ、俺らが言えた話じゃねえだろ」とセジュンが口を挟み、そのまま言葉を続ける。

「正直コーチとかいなくてもよくない？　俺が前いたチームはコーチいなかったけどな。金がなかったってのもあるけどさ。それにキングダムだって実質コーチなしじゃん」

　セジュンの主張にテオが反論する。

「だから勝てなかったんだろ。キングダムの場合はユウキさんが賢すぎるから完全に例外だよ」

「そうかあ？　なあ、ジンさんどう思う？」

「セジュンには悪いが、俺もテオの言う通りだと思う。今の競技シーンは時間との勝負だろ。他チームの分析や作戦構築を、選手だけでやるのは不利が多すぎる」

「えー、ジンさんもそっちかよ。まあ、ちゃんとできる人がいるなら確かにいいけどさ。俺がいた前のチームのコーチ、よくわかんない口出しだけしてたんだよなあ」

その時、結衣《ゆい》のスマホが鳴った。

耳にあてたスマホからは、息を切らした声が聞こえてきた。

「あ、結衣《ゆい》さん⁉ ごめん遅れて！ 言われたところまで来たと思うんだけど……」

「大丈夫です、迎えに行きますね」

結衣《ゆい》は急いでオフィスの入り口へと向かい、扉を開けて外を見たが、リンの姿は見えない。

そこで、向かいの公園に目を向ける。

桜が満開で、多くの人がスマホを空中に掲げている。

その中で、一人だけ下を向いてスマホを操作している少女が目に留まった。明るい髪の色をしたショートカットに、上には黒いスウェットを着て、デニムのショートパンツをはいている。

結衣《ゆい》が少女に近付くために公園の入り口へと向かうと、突然強い風が吹いた。

桜の花びらが舞い散り、集まっていた人々が歓声を上げた。

下を向いていた少女の頭に、花びらが落ちるのが見える。

少女が花びらを振り払いながら顔を上げた時、

「え？」

その横顔を見て、結衣《ゆい》は思わず声を上げた。

凛《りん》と、よく似ている。

少女が声に気づいて振り返り、その顔がぱっと笑顔になった。

「あ、結衣《ゆい》さん！　結衣《ゆい》さんだよね？　へえ、こんな感じなんだ」

と結衣《ゆい》をしげしげと見ながら言った。

「あ、はい、結衣《ゆい》、です。えーと、リンさん？」と結衣《ゆい》は慌てて返事をした。

「ごめんね、遅れちゃって」

とリンが謝りながら頭を下げた。

頭についていた桜の花びらが、ひらひらと地面に落ちていく。

「東京って人が多いし駅も道も複雑すぎるよ。新潟と全然違うよね。こんなの誰だって迷うって絶対……ねえ、結衣《ゆい》さん聞いてる？」

ぼんやりとリンの言葉を聞いている結衣《ゆい》を、リンが大きな目でじっと見ている。

「あ、ご、ごめんなさい。じゃ、じゃあ、中に行きましょうか」

凛《りん》と似ていたのは横顔だけで、話している雰囲気は全然違う。

「ていうかなんで敬語？　ゲームの時はタメ口だったんだし、タメ口で大丈夫だよ」

「あ、そう、だね。なんか、リン、写真と雰囲気違うね」

「あはは、あの写真はだいぶ前に撮ったからね。画質も悪いし」

結衣《ゆい》はリンをオフィスへと案内する。

中に入ると、選手たちが一斉に二人を見る。

賑《にぎ》やかだったオフィスが一瞬、静かになる。

沈黙の中、ナオトがぽつりと言った。

「……めっちゃルックスレベルたけぇ」

＊＊＊

結衣《ゆい》がオフィスで備品の補充をしていると、ゲーミングスペースから声が聞こえてきた。

「最後に勝ったのっていつだろうな」

そう言ったのはセジュンだった。

「……わかんない」

返事をしたのはリンだ。

今は、夜十時。

今日のスクリムと反省会は九時には終わり、選手たちはもうオフィスにいる必要はない。

だが、選手たちは基本的に反省会後も個人練習を続けている。

毎日、最低でも十時間はゲームをプレイしているのではないだろうか。

eスポーツと従来型スポーツのプロ選手の大きな違いの一つに、練習時間があるということは聞いていた。だが、実際に見るとその練習量は凄《すさ》まじいものがあった。

「もう何回メンバーのロール変えてるっけ？　俺、最近サポートまでやらされてるんだけど」

「コーチは、今日の構成は悪くなかったって言ってたよ」

どうやら、セジュンとリンは各メンバーが担《にな》う役割について話しているようだった。

「コーチがねえ」とセジュンは言う。

「そもそも、コーチがこんなにコロコロ変わるのって普通なの？」とリンが尋ねる。

「流石《さすが》に短期間に三人目って話は聞いたことないけどな」

「どうして、私たちのコーチはうまくいかないんだろう」

「一人目も二人目も、まあ最初から変な感じはしてたよな」

「変な感じって、どういうこと？」

「最初から、厄介な案件引き受けちまったって感じ出してただろ。実際、速攻で消えたし。まあ、今の時期にチーム決まってないコーチの中から探すってのもそもそもきついんだよな」

「余り物ってこと？　私たちだってそうじゃん」

「いやお前、ストレートに言いすぎ……」

「でも、みんなどこにも決まってなかった割には強いよね」

「それも言っちゃう？　まあ自分で言うのもあれだけど、確かに結衣《ゆい》さんだけで選んだにしては良く選んだと思うよ」

「じゃあ、どうして勝てないの？」

「噛《か》み合ってないよな。それがコーチのせいなのかわかんねえけど。今のコーチは最初の二人に比べたらマシだけど、どうも頭が硬いっていうか、しょっちゅうキングダムがキングダムがって言ってるしなあ」

セジュンが言う通り、『キングダムのプレイを参考にしてほしい』とは、これまでのコーチがよく言っていたことだ。キングダムはその機械的な動きや軍隊のような精密さで知られ、その中心には凜《りん》がいる。エニグマのコーチに限らず、お手本としているチームは多い。

「けど、二人目のコーチは選手としては強かったんでしょ」

「二人目だけじゃなくて、他の人もある程度有名ではあるよ。プレイヤーとして実績あるのとコーチとしてすごいのは別ってことだろ。知らねえけど」

「そもそもコーチなしじゃダメなの？」

「……お前、俺と同じこと言うのな。ていうか、コーチなしだったらもっと自由にやれるって思ってるだろ。俺らは俺らで練習しなくちゃいけねえし、それに加えて世界中でやってる試合を追っかけて研究するなんて不可能だろ。まあこれ、ジンさんとテオが言ってたことだけど」

「キングダムだってユウキさんが選手しながらコーチやってるじゃん」

「ユウキさんは特別だって。今の時代、コーチなしのプロチームなんてほぼ存在しねえよ。コーチを入れ替えただけで成績伸びたチームなんて山ほどあるらしいし」

「……もしかして私たちやばい？」

「いや、気づくの遅《おせ》えよ……」

二人が話す通り、今のコーチは三人目だった。一人目はすぐに連絡が取れなくなった。二人目も、メンバーと言い争いになった末、やっていけないと言ってやめてしまった。そして何とか見つけてきた三人目が今のコーチだった。


「そういやさ、リンって前はどういう風にゲームやってたわけ？」

「え？　なんで急に」

「だってお前、トライアウトの時とプレイスタイル全然違うじゃん」

「うーん、わかんないけど。でもなんか私、前の方が強かった気がする」

「いや、自分で言うなよ。まあ俺もそう思ったから聞いたんだけど」

「なんだろうなあ、やってて変な感じがするんだよね。作戦とかもそうだけど、そもそもプレイ環境も全然違うからかな。マウスパッドなんて使ったことなかったし」

「は？　マウスパッド使ってなかったの？」

「みんなで使ってるパソコンでやってたから」

「みんなって？」

セジュンが興味深げに尋ねる。

「新潟の、なんていうんだろう、食堂的なところでゲームしてたから」

リンと契約する際、彼女の父親が新潟から東京に出てきた。その横には、六十代後半には見える女性がいた。夫婦にしては年が離れすぎていると結衣《ゆい》が思っていると、リンが通っている『子ども食堂』の運営者と紹介された。

リンの父親によると、リンの母親はリンがまだ小さい頃に家を出て行って以来、連絡が取れないそうだ。

リンは近所の子ども食堂に頻繁に通っていた。そこでは食事だけでなく、勉強や、置いてあるパソコンを使うこともできたという。

「食堂ってよくわかんねえけど……そこのパソコンのスペックってどれぐらい？」

「えー、わかんないよ。環境的にはこっちの方がいいはずだけど。なんかぬるぬる動くし。机もガタガタしないし」

「机ガタガタしながらやってたわけ？」

「うん。段ボールの上に置いてたから」

「は？　段ボール？　じゃあ椅子は？」

「床に座布団《ざぶとん》敷いてた」

「……それで一年で『レジェンド』って、どうなってんだよ」

レジェンドとは、ヴェインストライクのランクで最高位のランクだ。全プレイヤーの中でも数百人しか到達できず、その多くがプロプレイヤーで占められている。

「でも、今はあまりうまくいってないし。どうしたらいいんだろう」

「どうしようってねえ。それはコーチに考えてほしいんだけど」

「なんだろうなあ、今は考えなくちゃいけないことも多いんだよね。毎回やること違うし」

「まあその気持ちはちょっとわかるよ。でも、それがプロだしな」

「……セジュンは、どうしてプロやってるの」

「は？　何だよいきなり。そりゃあ、楽しいし、得意だし、稼げるから？」

「へえ。わかりやすい」

「そういうリンは何のためにやってんだよ」

「え、そんなこと言われても」

「なんだよ、そっちが聞いてきたんじゃねえか。レジェンドになるぐらいやってたんだから、それなりに目標とかあったんじゃねえの？」

「うーん」

「ま、いいや。そんなことより目先の勝利だな」

「……わかってる」

リンはヘッドフォンを装着してゲームに戻る。その声に、わずかに焦《あせ》りを感じた。

そんなリンを見て、セジュンは「じゃあ、お先」と言って、オフィスを出て行った。

リンとセジュンの会話から少し経《た》ったところで、リンがゲーミングスペースから歩いてきた。

リンは、席に座っている結衣《ゆい》を見て「あ、結衣《ゆい》さんまだいたんだ」と言った。

「うん、リンもお疲れさま」

「あ、そうだ！　ちょっと一緒にプレイしない？」

「いいの？　私とやっても練習にならないと思うけど」

「ううん、そんなことないよ。それに、気分転換にもなるしね」

結衣《ゆい》とリンの二人はゲーミングスペースに並んで座り、一緒にプレイを始めた。

二人のランクにはだいぶ差があるため、ランクマッチではなく、アンレートと呼ばれるカジュアルなモードでプレイしている。

リンと出会って以来、二人はこうして一緒にゲームをすることが多かった。

結衣《ゆい》が会社で仕事がなく暇だったこともあったが、リンも大抵ログインしていたことから、一時期などはほぼ毎日一緒にプレイしていた。

「相変わらず、リンは強いね」

結衣《ゆい》は思わず口にした。

「あはは、ありがとう。ねえ結衣《ゆい》さん、次はどうすればいい？」

「次はA側から速い攻めが来るかな」

「オッケー」

予想通りにやってきた敵を、リンが容赦なく一掃する。リンが笑いながら言う。

「ねえねえ、なんか私たちってすごくいいコンビじゃない？」

「何もしなくてもリンが倒してくれるからね」と結衣《ゆい》も笑って返した。

実際、結衣《ゆい》はほとんど何もしていなかった。実力を考慮されたマッチングになっていること
から相手にも強いプレイヤーがいると思うのだが、リンの前には敵《かな》わない。

——ただ、一緒にプレイしていても、確かにリンのプレイには独特のリズムがある。

これまでのコーチが目指してきたのは、常に正解を引く完璧なプレイ。現在の競技シーンの
トレンドでもあり、キングダムは日本で最もそれを体現しているチームだった。そのスタイル
を目指すコーチからすると、リンは扱いにくく感じるのかもしれない。

ゲームはあっという間に終わり、二人は少し休憩する。

「あー楽しかった。あ、そういえば結衣《ゆい》さん、もしかしてさっきのセジュンとの話聞いて
た？」

「ごめんなさい、盗み聞きするつもりはなかったんだけど」

「ううん、いいの。今ゲームしながらさ、さっきセジュンから言われたこと考えてた」

結衣《ゆい》が尋ねる。

「目標のこと？」

「うん。なんだろうなって。正直、何か具体的な目標があってやっていたわけじゃないんだよね。他にやりたいこともなかったし、どんどん強くなっていくのが楽しかった」

「リンはずっと一人でやってたの？」

「最近は、結衣《ゆい》さんと会うまではほとんど一人だけかな。前にゲームで知り合った人たちと一緒にやったことあるけど、途中で喧嘩《けんか》しちゃって」

「そういえば、あの時は最初に別の子がプレイしてたよね」

「あの時？　え、あ、あー！　最初に会った時だよね。あれ、ちょっとまずかったよね」

リンはバツが悪そうな顔をして言う。結衣《ゆい》は首を振る。

「私は、助けてもらったから感謝してるよ。でも、最初にプレイしていた女の子って誰だったの？　アカウント名もＬＩＮだったよね」

「同じ食堂に来てる小学生。紛らわしいからやめてよって言ったんだけど、私と同じがいいって駄々こねるからＬＩＮって名前でアカウント作っちゃったんだよね。でも、あの時に勢いで助けちゃったおかげで結衣《ゆい》さんと会えたし、やって良かったな。私、結衣《ゆい》さんと一緒にプレイしてるのすごく楽しい」

「私とリンじゃ、全然実力も違うけど」

「私、年の近い友達がほとんどいなかったんだよね。あ、結衣《ゆい》さんのこと友達って言って失礼じゃないかな」

「ううん、そう言ってもらえてむしろ嬉《うれ》しい」

結衣《ゆい》がそう言うと、リンがぽつりとつぶやく。

「私、何も考えずに結衣《ゆい》さんとゲームをやってた時が一番楽しかったな」

「え、私と一緒にやってた時？」

「うん。今は何だろうな。ちょっと、居場所を探し中って感じ」

リンはコーチの要求に素直に応じ、適応しようと努力している。

だが、キングダムのスタイルが彼女に合っているのだろうか？

今のチームの方針に、結衣《ゆい》は確信が持てない。

セジュンが言っていた通り、これまでのコーチは皆、実績ある元プロ選手だ。eスポーツに自分の人生を賭けてきた人たち。

外から眺めてきただけの結衣《ゆい》に、口を挟む資格があると思えなかった。

＊＊＊

週末の深夜九時、中目黒の街角は終業後のサラリーマンたちで賑《にぎ》わい、近くのレストランやバーからは笑い声が響いていた。

一方で、エニグマのオフィスにはキーボードとマウスの音が静かに響いていた。

大会予選が迫る中、最近は週六日が練習日にあてられていた。

普段は午後一時から九時まで数試合のスクリムをこなした後に反省会をしているが、今日は選手たちの疲労が見えたため、いつもより早く切り上げられた。

結衣《ゆい》はオフィススペースで事務作業をしている。

コーチは予定があると言ってすぐにオフィスを出て行ったため、オフィススペースにいるのは結衣《ゆい》だけだ。

結衣《ゆい》が備品補充のためにゲーミングスペースへ行くと、ふと、リンの画面が目に入った。

画面に映っているのは、エイム練習用のソフトだ。

次々と標的が登場し、それらを一つ一つ正確に撃ち落とすのが目的だ。

以前、お昼ご飯を賭けてナオトとセジュンが勝負しているのを見たことがある。

その時は、二人のあまりの速さと正確さに驚いた。

二人は、プロの中でもかなりうまい方だと自称していた。

だが、結衣《ゆい》が今見ているリンのそれは、二人とはレベルが違った。というか、同じソフトをやっているとは思えなかった。録画した映像を早送り再生している、と言われても結衣《ゆい》は信じただろう。思わずリンの手元に目をやり、画面上の動きと同期しているのを確認してしまう。

視線を上げてリンの顔を見た瞬間、結衣《ゆい》の背筋が寒くなった。

瞬《まばた》き一つしておらず、顔はピクリとも動かない。

そこで結衣《ゆい》がうっかりリンの椅子に触れてしまった。その振動に、リンがビクッと振り向く。

「え、結衣《ゆい》さん⁉ あー！ まだ途中だったのに！」

「ご、ごめんなさい！」

「あーあ、今世界記録更新しそうだったんだけどなあ」

「え、そうなの？ 本当にごめんね」

「あはは、冗談だよ」

リンは笑いながら言うと「ちょっと休憩しようかな」と立ち上がって共用の冷蔵庫まで行く。

しかし、なかなか戻ってこない。

結衣《ゆい》も冷蔵庫まで行って、立っているリンに話しかける。

「もしかして飲み物が切れてる？」

リンが「え、どうしてわかるの」と目を丸くする。

結衣《ゆい》が冷蔵庫をのぞき込むと、案の定オレンジジュースがなかった。

オフィスでは選手たちが自由にドリンクやスナックを取れるようにしてあったが、特にリンはいつも同じものを選んでいた。リンはオフィスの滞在時間も他の選手と比べて長いため、彼女が好む商品は特に減りが早かった。

「すぐに補充しておくね」

結衣《ゆい》が言うと、リンは「ありがとう」と答えてまたゲーミングスペースへと戻ろうとする。なんだか、少し気まずそうだ。

結衣《ゆい》は一瞬そのまま行かせようかと思ったが、思い直す。リンの後ろ姿に「ねえ」と声をかけた。振り向いたリンに、結衣《ゆい》は話しかけた。

「今日はでしゃばってごめんなさい」

今日、チームのメンバー間で小さな衝突が起こった。リンがセジュンのプレイに不満を表明した時だ。フィードバック自体は日常的に行われていたが、リンの言い方が少し辛辣だった。ナオトがそれを指摘したが、リンは構わず言葉を続けたため、空気が張り詰めた。ジンはどう対応すべきか考えていたようだったが、テオやコーチは静かに様子を見ていた。そこに結衣《ゆい》が入って、事態を収めた、かのように見えた。

結衣《ゆい》が間に入った時、セジュンから「いや、結衣《ゆい》さんはゲームのことは口出さないでほしいんだけど」と言われた。セジュンは悪気があって言ったわけではない。むしろ、素人《しろうと》の結衣《ゆい》が入るとややこしくなるだけだと思ったのだろう。その判断は当然だった。

結衣《ゆい》に話しかけられたリンは一瞬何か言いかけたが、

「ううん、私も結衣《ゆい》さんに色々言って、ごめん」

とだけ短く言った。

結衣《ゆい》が仲裁に入った時、セジュンだけでなく、リンも「結衣《ゆい》さんは関係ないでしょ！」と言っていた。そのことを言っているのかもしれない。

二人の間に若干気まずい空気が落ちる。

「そういえばリンって、なんで海外サーバーでプレイしてたの？」

気まずさを紛らわせるための質問ではあったものの、結衣《ゆい》はこのことが以前から気になっていた。日本国内にサーバーがあるのに、わざわざ海外サーバーを選ぶ日本人は珍しい。

「最初は日本でやってたんだけど、今日みたいになることが多かったんだよね。私、昔からこうなんだ。学校でも同じ」

「リンは通信制だったよね？」

「うん。でもその前は普通の学校にも通ってたよ。私、みんなと一緒に何かをやるとあまりうまくいかないんだ」

「……ゲームは、大丈夫だったの？」

「海外サーバーの人たちってさ、すごくはっきりと言うじゃん。そもそも英語だからあまりわからないっていうのもあるけど、それでも日本人とは違うよね。私みたいにズバズバ言っても、特別じゃないっていうか。そういうのが私には合ってたんだ」

リンは少し明るい顔になってそう言った。

「チームに入ることは考えなかったの？」

「うーん、考えなかったってことはないけど、どうやってチームに入るのかわからなかったな。

一人でやることが多かったから知り合いも少なかったし。結衣《ゆい》さんとデュオするのも、最初は結構緊張してたんだよ」

「そうだったんだ、慣れてるのかと思った」

「ぜんぜん！　いつもみたいに喧嘩《けんか》したらどうしようと思ってた。けど、私たちが初めて会った試合の時に、結衣《ゆい》さん、どれだけ周りの人たちが暴言吐いてても、一緒にやってた子のこと守ってくれてたでしょ。この人だったら一緒にやってくれるかなと思って」

「そっか。ああいうの、私も慣れてたのかも」

昔、家で凜《りん》とプレイしていた時にもよく好き放題言われていた。それで耐性が付いたのかもしれない。リンが「慣れてた？」とつぶやくが、結衣《ゆい》は聞こえなかったふりをする。

「あ、でも。他の人のプレイはよく見てたよ。特に魔王の」

ちょうど凜《りん》のことを考えていた時に結衣《ゆい》はどきりとする。リンは言葉を続ける。

「私、魔王が一番強いと思う。あ、日本人だけじゃなくて、世界で見てもね。コーチからはよく魔王のプレイを見ろって言われてるけど、多分私、魔王のプレイは全部見てるよ」

「……そうなんだ」

「でも、なんか私とは違うんだよね。うまく言えないんだけど」

結衣《ゆい》は、コーチの意見に対して、あくまでもマネージャーの自分が意見すべきか迷う。結衣《ゆい》が黙っていると、リンが言葉を続けた。

「そういえばさ、結衣《ゆい》さんはなんでエニグマに来たの？　ジンさんたちから聞いたけど、もともとものすごいエリートだったんでしょ？」

　突然の質問に結衣《ゆい》はどきりとする。

「……それは、もともとeスポーツに興味があったし、可能性を感じたから、かな」

　結衣《ゆい》は少し嘘《うそ》をついているような気持ちになる。

「結衣《ゆい》さん、私とやってる時も色々指示してくれるよね。次にどうすればいいかとか、言ってくれるし。この人、すごく頭いいんじゃないかって思った」

「そんな……でも、ありがとう」

「セジュンはああ言ったけど、私、結衣《ゆい》さんがたまに言う感想とか結構参考にしてるよ。だからさっきは、ごめん」

　しばらくの沈黙の後、リンがゲーミングスペースの自分のPCを見て言った。

「あ、もういい？　次のマッチが始まりそう」

「うん、ごめんね引きとめて」

　結衣《ゆい》が言うと、リンは急いでゲーミングスペースに戻って行った。

　ゲーミングスペースには五つの椅子が並んでいる。

　リン以外にも、セジュンとナオトが残ってゲームをしているのが見える。

　リンは一日のほとんどをここで過ごしている。リンが住んでいるマンスリーマンションは、オフィスのすぐ近くだ。まだ未成年のため、オートロックも付いているしっかりしたところを選んだ。でも、ずっとここにいる。それだけ真剣なんだろう。

人生を懸けている選手に比べて、自分はリスクを懸けていると言えるだろうか。

帰りの準備をしようと席に戻ろうとする結衣《ゆい》は、ふとそう思った。

結衣《ゆい》が自分の席に戻ると、後ろから声をかけられた。

「リンと何話してたの」

後ろから声をかけられて振り向くと、リュックを背負ったテオが立っていた。

「あ、いえちょっと」

テオはふっと笑う。

「結衣《ゆい》さんって隠し事苦手だよな。今日のことだろ」

結衣《ゆい》は恥ずかしくなって苦笑いしながら「余計なことをしたでしょうか」と答えた。

「いや、みんな助かったって思ってるよ。まあ、いきなり引き攣《つ》った笑顔で割り込んできたのはちょっと面白かったけどね。だんだんわかってきたけど、結衣《ゆい》さんもなんか変わってるよな」

慣れてないことをしたのはバレていたようだった。

「ごめんなさい、自分でもどうしたらいいか。でも、助かったっていうのは？」

「俺も他のやつらも、真剣に女と一緒にプレイしたの初めてなんだよ。魔王ぐらいだよね、トップレベルでやってる女って。みんなどう接したらいいかわからないんだ」

「そうなんですか？」と結衣《ゆい》が驚いた。

むしろ、普通に接しているように見えたからだ。

「リンのこともだんだんわかってきたけど、あいつかなりのト、キ、シ、ッ、ク、だろ。全然プレイスタイルが違うから同じなのは名前だけかと思ってたけど、そんなところも魔王に似るなんてな」

結衣《ゆい》は再び苦笑する。トキシックとはゲーム用語で、暴言を吐く人のことを指す。

凜《りん》が昔、かなりトキシックだったというのは、業界内では有名な話だ。

しかし、年下なのにテオは自分よりも随分と落ち着いて対処している。

「あの、テオさんって何年ぐらいゲームをされてるんですか？」

「なんだよ、いきなり。そうだな……五年ぐらいかな？　プロは三年目」

テオは今十九歳だから、十七歳からプロとして活動していることになる。eスポーツは若い才能が次々に出てくる世界だ。それぐらいの年齢からプロ活動を始めるのは、珍しくない。

「昔からプロゲーマーを目指していたんですか？」

「いや、ゲーム始める前はサッカー選手になりたいと思ってたよ」

「そうだったんですか。でも確かにテオさん、サッカーうまそうです」

結衣《ゆい》の言葉にテオは少し笑顔になった。

「まあね。実際、結構うまかったよ。でも中学時代に怪我《けが》したんだ」

「大きな怪我《けが》だったんですか」

テオは頷《うなず》く。

「サッカーしかやってなかったから、流石《さすが》に落ち込んだよ。それで何のやる気もしなかった時に、家が近所だったセジュンから遊びに誘われることが増えてさ。PCゲームに初めてさわったのも、セジュンの家だったよ」

「もともとセジュンさんがやってたんですか」

「うん、俺はPCゲームの存在すら知らなかった。最初は普通にコントローラーのゲームで遊んでたんだけど、セジュンがめちゃくちゃオススメしてきたのが始まりだったな」

「テオさんは最初からうまかったんですか？」

「くそ下手だった。セジュンはその時もう大分やり込んでたから、大笑いされたよ。多分あいつ、マウント取るために俺にやらせたんだと思う」

「なんだか想像できます」と言って結衣《ゆい》は笑う。

「——でも俺は、これだって思った」

「これだ？」結衣《ゆい》が疑問を投げかける。

「俺は足を怪我《けが》したけど、ゲームは手が動けばできるだろ。それに、サッカーに限界も感じてたんだ。俺はそんなに背も高くなかったし、中学ぐらいから体格差を感じることも増えてさ。

その点、ゲームは最高だと思った。セジュンの家でやったその日に、プロになろうって思ったな」

「え、その日からって、まだ中学生で？」

「うん。これだってものを見つけた時って、みんなそうじゃないか？」

テオはなんでもない顔でそう言った。

「……周りから何か言われたり、迷ったりしたことはなかったんですか？」

「もちろん、プロゲーマーの知名度も今より低かったし、無茶だって言う奴《やつ》や、ゲームなんてって言う奴《やつ》もいたよ。けど、迷ったことはなかったな。ああでも、それはセジュンの影響もあったかもな」

「セジュンさんの影響？」

「あいつ、俺がプロ目指すって言った時、お前がなれるなら俺もプロ目指すって宣言したんだよ。今もそうだけど、あいつ昔はもっとバカだったんだよ。周りが何言っても、セジュンが全然気にしてないから、気にするのもバカらしくなったんだよな」

笑いながら言ったテオは、ふと気がついたように結衣《ゆい》のモニターを覗《のぞ》き込む。

「これなに？　初めて見るけど、どっから持ってきたの？」

結衣《ゆい》の画面に映っているのは、スクリムの動画を分析した結果だった。

「あ、これはゲーム動画を解析したやつです。たいしたものじゃないですけど」

「結衣《ゆい》さんが作ったってこと？　たいしたものじゃないって……コーチには見せた？」

「はい、一応見せました。でも、こういう数値化はあまり意味がないと言われて」

「……そうかな。これ、俺にも全部見せてほしいんだけど」

「これ全部ですか？　すごい情報量ですけど」

テオは結衣《ゆい》の質問には答えず、画面をじっと見ている。

「こんなことできるのに、どうしてこんな仕事やってんの？　俺たちと違ってめちゃくちゃエリートだったんだろ」

「そんなことは、ないです。もともとゲームに興味があったので」

「ふうん……。ん？　このメモに書いてる日付とチーム名って何？　俺らじゃないみたいだけど」

「あ、それは参考になりそうな試合を書いてます。同じキャラ構成だったり、作戦だったり」

「いちいち似た試合を探してきてるの？　めちゃくちゃ面倒なことしてるな」

テオが感心するが、結衣《ゆい》は慌てて否定する。

「いえいえ、流石《さすが》にそこまではしていません」

「え、もしかして検索システム作ったりとか？」

「本当はそこまでできればいいんですけど……私が覚えている範囲でメモを残してます」

「——は？　これ全部覚えている試合ってこと？」

「そうですね、完全に覚えてるのは主要な地域だけですけど」

「いや、ヨーロッパとアメリカとアジアをカバーしてたら十分だろ」

テオは結衣《ゆい》を無言で見つめる。チームメイトとはいえども、テオはプロ選手だ。自分程度が分析した結果を、真面目に見られるのは恥ずかしかった。

「……じゃあ例えばさ、特定の選手のクセとかもわかるの？」

「流石《さすが》に全員はわからないですけど」

「魔王がよくいるエリアとかわかる？　もちろん状況によると思うけど、例えばこのマップでAサイトに爆弾設置した後に隠れる位置とか」

テオは画面を指差す。結衣《ゆい》は頷《うなず》く。

「あ、それなら、はい。凜《りん》……魔王は、この場合だとよくここに入ります。けど、魔王がこのポジションをよく使うのは有名ですよね」

「まあ、それはそうだね。じゃあユウキさんでも同じことできる？」

「はい、ユウキさんはここのポジションをよく使っています」

「……俺とセジュンは？」

「テオさんはこっちで、セジュンさんはその逆です」

結衣《ゆい》がマップを指で差す姿をテオは黙って見ている。

「まあ、半分は趣味なので」

沈黙に気まずくなった結衣《ゆい》が笑いながら言うと、テオは

「……このデータ、セジュンには見せてもパンクするから見せない方がいいと思う。でも俺は毎回送ってほしい」

と言って帰って行った。

結衣《ゆい》の今の仕事は、マネージャーとしての仕事がメインだ。

コーチからはスクリム成績の整理を頼まれてはいるが、それも戦術の分析というほどではない。あくまでも機械的な集計だった。

結衣《ゆい》は事務仕事に一区切りをつける。大会予選まで、あと二週間しかなかった。

＊＊＊

大会の運営から一試合目の相手が発表され、エニグマの一同はオフィスに集まっていた。

しばらく無言の時間が続いたが、沈黙を断ち切ったのはジンだった。

「いずれは当たる相手と、少し早く当たるってだけだな」

いつものようにソファに腰掛けているセジュンが宙を見上げて話す。

「けどさあ。いきなり魔王相手ってそりゃあないよな」

結衣《ゆい》たちエニグマの一回戦の対戦相手は、凜《りん》が所属するキングダム・eスポーツだった。

グループ予選のカードは、基本的に運営任せだ。これまでの実績が考慮され、各グループに強豪チームがバランスよく配置される。結衣《ゆい》たちのような新興チームは、キングダムのような強豪と同じグループに割り当てられることになる。

セジュンの横に立っているテオが「まあ一回までなら負けられるしな」と続けると、今度は少し離れたところに立っているナオトが「そうそう、チャンスじゃん」と続ける。

「勝てるかどうかは別としてさ。僕らのデビュー戦の相手が魔王って話題性としてはいいよな。キングダムだったら、僕らみたいなぽっと出のチームが相手だとしてもかなり同接稼げるだろうし。あ、けど、これって配信あるのかな？　結衣《ゆい》さん何か知ってる？」

グループ予選は基本的に無配信で、観客の目に触れることはない。だが、運営にピックアップされた一部の試合は配信されることになっている。チームからしたら作戦がバレるデメリットはあるが、それ以上に目に触れてもらえる機会は貴重だった。

「数試合は配信があるみたいです。私たちのカードが選ばれる可能性は高いと思います」

「おーいいね！　勝ったらサブスク数爆上がりじゃん」

すると、結衣《ゆい》のパソコンに四条《しじょう》からネット会議の依頼がきた。

会議室のスクリーンには、大きく四条《しじょう》の顔が映っている。

結衣《ゆい》と選手たちは画面を囲むようにテーブルに座っていた。

「対戦表見たけど、早速妹さんと対戦だなんて運命感じるね。それか運営が空気読んだかな？」

「いえ、流石《さすが》にそれはないかと……」

結衣《ゆい》が否定すると、ナオトが「妹？」と言いながら結衣《ゆい》を見た。その反応に四条《しじょう》が、

「あれ、まだ話してなかったの？」

と意外そうに言う。

「あ、はい……特に聞かれなかったので」

「まあいずれバレることだし、いいよね。で、妹さんのとこには勝てそう？」

「もちろん、頑張ります」

「ぜひ一泡吹かせてくれよ。じゃ、期待してるね」

四条《しじょう》がそう言ってログアウトするとナオトとリンが身体《からだ》を乗り出してきた。

二人とも大きく目を見開いている。

「ちょっとちょっと！　今のマジ？　結衣《ゆい》さんが魔王のお姉ちゃんてやばくない？」

「え、魔王が結衣《ゆい》さんの妹なんじゃないの!?」

「いやリン、お前それ同じこと言ってるから！」

騒いでいるナオトとリンを見て、テオが半分呆《あき》れた調子で喋《しゃべ》り出す。

「お前らちょっと黙れよ」

「なんだよ、テオ知ってたの？」

セジュンが尋ねるとテオは首を振った。

「知らない。でも苗字《みようじ》が同じだし、色々考えるともしかしてとは思ってたよ」

セジュンが「色々と？」と言っているがテオは無視する。ナオトが割り込んで、

「これ配信で言っていい？」

と言ってきたが結衣《ゆい》が慌てて止める。

「いえ、それはちょっと」

「えー、もったいない。百パーセントバズるって！ ていうか、どっちも美人だけど全然似てないね」

ナオトがまじまじと結衣《ゆい》を見ながら言っていると、隣に立っていたジンが
「じゃあ、結衣《ゆい》さんの親も西川なんだ」と言う。

頷《うなず》く結衣《ゆい》を見て、セジュンが「西川《にしかわ》って誰？」と尋ねる。ナオトは「野球選手？」と言っている。

「違う違う。日本初のプロゲーマー、ですよね？」

ジンが結衣《ゆい》に尋ね、結衣《ゆい》は頷《うなず》く。

「ふーん」

ナオトは自分から尋ねたにもかかわらずほとんど興味がないようだった。

そこでセジュンが思い出したように周りを見た。

「ていうかさ、こんな大事な時にコーチは？」

「先ほど、体調不良という連絡が来ました」

「まじかよ。まあ仕方ねえけどさあ」

セジュンが大袈裟《おおげさ》にため息をつき、その音が部屋に響いた。


その夜。結衣《ゆい》が席で作業をしていると声をかけられた。

「お、結衣《ゆい》さん、遅くまで頑張るね」

ナオトがトイレから戻ってきたところだった。他のメンバーは既に帰っており、オフィスに残っているのはナオトだけだ。ゲーミングスペースで先ほどまで配信をやっていたようだった。

「いえいえ……ナオトさんもお疲れ様です」

「あんまり夜更《よふ》かしするとお肌に悪いから気をつけてね」

ゲーミングスペースの椅子に座ったナオトに結衣《ゆい》が「あの、ちょっと伺ってもいいですか？」と声をかけると、ナオトが「ん、何、真面目な話？　ちょっと待ってね」と言ってマイクに向かって話しかけ始めた。

「ごめん、少し結衣《ゆい》さんと話すわ。ちなみに結衣《ゆい》さんってのは超エリートで超有能なマネージャーさんね。ちなみに超美人」

「あ、もしかしてまだ配信中でしたか？　すみません」

「いいのいいの、むしろ顔出す？」

「それはちょっと」と結衣《ゆい》は苦笑する。

「残念、人気出ると思うけど。ついでに魔王のお姉ちゃんってことも言ってくれたらクソバズるの間違いないよ」

「あの、今の私たちの方針って、どうなんでしょう？」

結衣《ゆい》はナオトの提案を無視して尋ねる。

「ん？　方針って？」

「その、コーチの進め方というか」

ナオトが訝《いぶか》しげな表情になる。

「……クーデターの準備？」

結衣《ゆい》はあわてて手を振る。

「あ、いや、そういうわけでは」

結衣《ゆい》の慌てぶりを見てナオトの表情が笑顔に変わる。

「あはは、冗談冗談。結衣《ゆい》さんおもしれー」

なんだか最近、年下にからかわれてばかりだ。

結衣《ゆい》が下を向いているとナオトが続ける。

「ごめんごめん。でも、どうって言われてもねえ。まあ、無難なこと言ってるとは思うけど」

「けど？」

「なんだろうな、よく勉強してるってのはわかるよ。少なくとも前の二人のコーチよりはマシかな。でも、なんか借り物っぽいんだよな。選手のことや、相手チームとの相性とか、総合的に考えてるようには思えないんだよね。いつもキングダムはこうだとか、そんな感じじゃん」

「それは、リンに対しても？」

「ああ、やっぱそこ気にしてたのね。うん、そこは大きいね。あいつ、チーム入ってからおかしいだろ。多分、トライアウトの時が一番強かった。あのプレイがどっかいっちゃったよな。もちろん今でもその辺の奴《やつ》に比べたら十分強いけど、なんかちょっと残念だよね」

「……ナオトさん、すごくしっかりしてますよね」

結衣《ゆい》が言うとナオトが少し目を細め、そしてニヤリと笑う。

「ストリーマーなんて仕事してるのに、って？」

「いえいえ！　そんなことはないです！」

結衣《ゆい》が必死で否定すると、ナオトは声を出して笑う。

「あはは、いいよいいよ。結衣《ゆい》さんがそんな風に思ってないことは知ってるよ。けど、正直言ってギャップはあるだろ。よく、視聴者に媚《こ》びながら叫んでるだけの職業って言われるしね」

「私には絶対にできないですし、本当にすごいと思います。誤解させたらすみません。けど、

「そんなこと言う人がいるんですか」

「うん、毎日そういうDM来るよ。でも、僕はこれでいいんだ。僕に合ってるし、時代に乗れてると思う。プロゲーマーとして活動してる時も、ストリーマーとして活動してる時も、同じぐらい楽しいんだよね」

そう喋《しゃべ》るナオトは、心から今の自分に満足しているようだった。

「……ナオトさんも、自分に自信があるんですね」

「ナオトさんも？」

ナオトは一瞬不思議そうな顔をするが、パソコンからマッチ完了の音が鳴り、

「あ、やべ、マッチ始まった。ごめんまた今度ね」

と言ってモニターへと顔を戻した。

空き時間でナオトは大体配信をしている。ナオトは一見した印象に比べて、周りをよく観察している。リンとは先日言い合いになっていたが、テオが言っていた通り、後に引きずることもなく、さっぱりとした性格をしていた。相変わらず遅刻は多いが、ゲーム中の報告も細やかで、意外とまめな性格だった。

そのナオトも、コーチの方針に自分と同じ疑問を抱えていた。

とはいえ、結衣《ゆい》には自分が何かできるのか、わからなかった。

＊＊＊

対戦相手の発表があってから二日後。

選手たちは、スクリムを前にオフィスエリアに集まっているところだった。

「あの、今日もコーチは体調不良でしょうか？」

ジンが選手たちを代表して結衣《ゆい》に尋ねる。

何かまずいことが起きたのではないか。そんな気配が選手たちにも漂っている。

ちょうど先ほど、体調不良だったコーチから結衣《ゆい》にメールで連絡が来たところだった。

「……こころの病気の診断を受けたそうです。続けるのは無理だと」

「おいおい、マジかよ！　これで三人目じゃねえか！」

セジュンが叫ぶとナオトが
「まあ俺ちょっとあの人苦手だったし、ラッキーかも」

と続けた。

「いや、それで済む問題かよ。身体《からだ》壊したわけじゃねえんだし、なんとかならねえの？」

セジュンが抗議すると、壁にもたれかかって聞いていたテオも口を開く。

「続けられないって言ってる奴《やつ》を引っ張ってきても無駄だろ。で、今日はどうすんの？」

「コーチなしでやりましょう」

結衣《ゆい》の答えにテオは頷《うなず》き、ジンを振り向く。

「了解。ジンさん、作戦とかキャラクター構成もこれまでと同じでいい？」

ジンが少し考えて頷《うなず》く。

「ああ、今更変えるのも難しいだろ。ただ……」

ジンが少し迷ったようなそぶりを見せると、セジュンが「これまでと同じって言ってもなあ。散々色々と試して、結局どれもうまくいってねーじゃん」と言った。

結衣《ゆい》も、今後について何かアドバイスがないかコーチに聞いてはみたが、返事はない。

一同が黙っていると、リンが「ねえねえ、それじゃあさ」と沈黙を破った。

「結衣《ゆい》さんがコーチやってみればいいんじゃない？」

セジュンが呆《あき》れたように、

「いやいやリン、それは流石《さすが》に無理だろ……」

と言うと、リンは「そうかなあ」とつぶやいて結衣《ゆい》の方を見てきた。

結衣《ゆい》が黙っていると、テオが
「結衣《ゆい》さん、何かアイデアある？」

と質問してきた。

「おいおいおい、テオまで結衣《ゆい》さん頼みかよ。遊んでる場合じゃねえんだけど」

「セジュンは黙ってろよ。で、結衣《ゆい》さんどうなの」

テオが結衣《ゆい》をじっと見つめた。

結衣《ゆい》は手を握りしめ、選手たちを見渡した。

「あの、リンをアタッカーにするのはどうでしょうか」

テオがにやりと笑う。

「いいね」

「ほら！　結衣《ゆい》さんいけるじゃん！」

リンが満面の笑みでセジュンを見るが、セジュンは「なにこれ、どういうこと？」と戸惑っている。半信半疑なのはセジュンだけじゃなく、ジンやナオトも同じ様子だ。

「じゃあ、俺やセジュンは何をやればいい。考えあるんだろ」

テオは構わず聞いてくる。

結衣《ゆい》は深呼吸をして、

「はい、あります」

と言った。


選手たちがパソコンの前に並んで座っている。既に選手たちはマップに入っていて、試合が始まるところだ。

今回のマップは氷に覆われた島を舞台にしたマップで、氷河や凍った湖が特徴だ。透明な氷の壁が自然の迷路を作り出している。Aサイトは巨大な氷の洞窟内にあり、多くの入り口がありながらも視界は限定的。Bサイトは島の最高点にある古い灯台で、周囲の平原を一望できる。

スクリム相手は韓国の中堅チーム。何度かスクリムをしたが、一度も勝てていない。

「この構成久しぶりだよな……ていうかリンのトライアウト以来じゃね？　そもそも作戦とか何もないけど、大丈夫なのかねえ」

セジュンがつぶやくが、誰も反応しない。

おそらく他のメンバーも、同じように不安を抱えているだろう。

第一ラウンドが始まる直前、

「それで結衣《ゆい》さん、何か作戦のアイデアあったりするの？」

そう尋ねるセジュンの声には、期待していない様子がにじみ出ていた。

結衣《ゆい》はキーボードのマイクボタンに手をやる。

大会では、コーチと選手はタイムアウト取得時のみ喋《しゃべ》れる。だが、スクリムでは別だ。

「Aサイトがいいと思います。まずはリンを起点に普通のセットで入ってみましょう」

「え？　マジで結衣《ゆい》さんコーチするの？」

セジュンが驚いて返答すると、リンの声が聞こえる。

「セジュン、自分で聞いたんでしょ！　いいじゃん、結衣《ゆい》さんが言う通りやってみようよ」

「なんだよ急に元気出して。久々にアタッカーやれて、うるさいコーチがいないからか？」

セジュンがぶつぶつと言っているうちに、試合が開始した。

「おーマジでAサイト簡単に取れた！　相手、B読みだったな」

セジュンが叫ぶと、ナオトが続ける。

「流石《さすが》にマグレじゃないの？」

二人の言葉を無視して、リンが「結衣《ゆい》さん、次は？」と尋ねる。

ナオトが「え？　なにこれ毎回結衣《ゆい》さんに聞くゲーム？」と困惑する中、結衣《ゆい》がマイクに向かって「次は……誘い込み作戦でいきましょう」と喋《しゃべ》る。

「あーもうわかったよ！　で、誘い込み作戦ってなんですか結衣《ゆい》コーチ」

吹っ切れたような声でナオトが尋ねてきて、それに結衣《ゆい》が答える。

「はい、ナオトさん以外の皆さんはAサイト前で待機していてください。多分、このラウンドはAサイト側の敵が詰めてくると思うので、そこをまず潰しましょう。その後、Aサイトにフェイクアクションをかけて、Bサイトへと切り返します。ナオトさんだけ、最初からBサイトの少し手前で待機していてください」

「……へ？　なんでそこまでわかんの？」

セジュンを無視してリンは「わかった！」と叫ぶ。

次のラウンドも、まさに結衣《ゆい》が言った通りの展開となった。セジュンが叫んでいる。

「ちょ、マジでA側プッシュしてきたじゃん！　しかもフェイクもブッ刺さったし」

「結衣《ゆい》さん、次は？」

リンが再び尋ねてきて、結衣《ゆい》が答える。

「次は開幕ラッシュ警戒でスキルを入れてくると思います。リンを先頭に一瞬遅らせてBセットで行きましょう」

「もうこれ、完全に『教えて結衣《ゆい》さん』だな」

ナオトはもはやツッコミも入れなくなっていた。

「一瞬遅らせる……って、そんなやり方一度も練習してなくね？」

とセジュンがつぶやくと、

「大丈夫だよ、私に合わせてもらえれば」

とリンが答えた。

「いやいや、合わせるって言われても」

「はい、お願いします。セジュンさんならできるはずです」と結衣《ゆい》が言う。

「え、結衣《ゆい》さんもしかして俺のこと褒めた？」

セジュンが嬉《うれ》しそうな声でそう言うと、

「セジュン、お前本当に単純だな」

と、試合が始まってからほとんど発言のなかったテオが言った。

ラウンドが開始すると、リンとセジュンは作戦に従って前進を始めた。

セジュンが、わずかに不安げな声でリンに声をかける。

「なありン、ホントに大丈夫かよ？」

リンは「大丈夫」と確信に満ちた声で応えた。

その時、敵が一斉に飛び出してきた。

「セジュン、今！」

セジュンのスキルが敵集団に直撃し、敵の陣形は一瞬で崩れた。

リンはそのスキを逃さず、敵を次々と撃ち倒していく。

「よし、これで！」

複数いた敵は、リンによって一瞬で全員倒された。

「セジュン、見て、全部倒したよ！」

「いや、見てたけど……結局一人で全員倒してるじゃねえか」

「あはは。でもセジュン、スキルありがとう」

「ありがとうって言われてもなあ。ほとんど何もしてねえけど」

「いえ、セジュンさんのスキルバッチリだったと思います。それとジンさん、ここからは私はそこまで指示を出さないので、オーダーをお願いします。何かあればその都度言いますね」

結衣《ゆい》からの指示にジンが答える。

「はい、わかりました。……それにしても、どうして相手の作戦がわかったんですか？」

「えーっと、これまでの試合の傾向、でしょうか」

「え、それだけですか」

ジンは他にも何か言いたそうだったが、次のラウンドがすぐに始まった。このラウンドも、リンを起点に少しタイミングをずらして一斉に目標地点になだれ込む作戦だった。

「ここで行くね！」

リンは掛け声をかけると、目標地点へと飛び込んでいく。

それに合わせて他のメンバーもスキルを入れていった。

すると、これまでのスクリムでうまくいかなかったのがまるで嘘《うそ》だったかのように、スムーズに敵陣を制圧できた。

それ以降のラウンドも同じだった。

リンがいけると判断している根拠は、見ている結衣《ゆい》にもわからない。もしかしたらリン自身も、わかっていないかもしれない。ただ、リンのタイミングで攻めると必ずうまくいく。

おそらく、リンは状況を本能的によく理解しているのだろう。

現在世界で主流の作戦は、事前に予定していた流れに相手を引き寄せることを重視する。

今のエニグマは、リンを中心に、それとは全く異なる作戦スタイルを取っていた。


前半がそろそろ終わる時。

「は⁉ ちょっと結衣《ゆい》さん、なんか相手降参してるんだけど」

セジュンはそう叫ぶと、ヘッドフォンを外して、後ろに座る結衣《ゆい》を見てくる。

結衣《ゆい》もヘッドフォンを外す。

「雰囲気が悪くなって喧嘩《けんか》してしまったそうです……相手のマネージャーから謝罪の連絡が来ています」

結衣《ゆい》の言葉を聞いてナオトが笑う声が聞こえる。

「あはは、いくらボコられまくったとしても面白すぎでしょそれ。あとで配信でネタにしよ。でもすごいよね。結衣《ゆい》さんが考えた作戦全部ハマってたし、リンもなんか覚醒してたし」

ナオトがそう言うとジンが続けた。

「ええ、すごかったですよ。結衣《ゆい》さん、コーチやったことあったんですか？」

「いえいえ、そんなことは」

結衣《ゆい》が慌てて否定すると、リンが
「結衣《ゆい》さん、これからもコーチやればいいじゃん」

と言って、

「お前、好き放題させてもらえるからだろ」とセジュンが返した。

「ええ、途中からは、ほとんどジンさんとリンに任せただけですから」

結衣《ゆい》が言うと、リンは首を振り、真《ま》っ直《す》ぐに結衣《ゆい》を見て言った。

「結衣《ゆい》さんが言った通りに動いただけ。私、生きてた中で今の試合が一番楽しかった」

その言葉を聞いた結衣《ゆい》の頭に、昔、別の人から同じことを言われた時の記憶が蘇《よみがえ》った。

結衣《ゆい》が固まっているのを見たセジュンが、口を挟んだ。

「いやリン、お前な、そのセリフ恥ずかしすぎるから。結衣《ゆい》さんも固まってんじゃん」

「えー、思ったこと言っただけなのに。私、初めてチームの力になれた気がする。結衣《ゆい》さんのおかげだよ。コーチいけるって！」

結衣《ゆい》はメンバーからの視線を感じる。

しかしその瞬間、結衣《ゆい》の頭に不安がよぎった。

自分はゲームに専念してきたわけではない。

そんな自分がやって、これまでのコーチよりも本当にうまくいくだろうか？

「……たまたまうまくいっただけだと思います。すぐに新しいコーチを探します」

結衣《ゆい》の言葉に、セジュンが応えた。

「俺もわりと結衣《ゆい》さん良《い》いと思ったけどな。そもそも、今からコーチって見つかるもんなの？」

＊＊＊

翌日のお昼、結衣《ゆい》はリンとともに六本木にある高層オフィスビルの前にいた。

「こんな高いビル入るの初めてかも」

リンはビルを見上げてそんなことを言っている。

二人はエレベーターに乗り込み、指定された階へと向かう。

ヴェインストライクの運営企業の広報担当者から「各チーム一人ずつ、インタビュー動画を撮りたい」といった依頼があったのだ。一応断ることもできるが、アピールできる場であることを考えると断る理由はなかった。それに当時はコーチもまだ健在だったため、今のような事態は想定していなかった。

最初はジンを連れて行く予定だったが、その時たまたまオフィスにいた四条《しじょう》に事情を話したところ「あの女の子にしなよ」と気軽に言われた。

リンは嫌がるかもと思ったが、結衣《ゆい》が尋ねると二つ返事で「行きたい！」と答えた。

高層階に到着したエレベーターを降りて受付に行くと、結衣《ゆい》たちは広いスタジオの中へと通された。既に数人のスタッフが準備をしている。結衣《ゆい》とリンは挨拶をし、打ち合わせもそこそここにリンが指示された場所に立つ。

「それでは始めます！」

スタッフが声を出し、撮影が始まった。

撮影自体はあっという間に終わった。時間にして数十分程度だろうか。簡単なインタビューを受けて、いくつか写真も撮影された。

結衣《ゆい》は、質問に対してリンがどんな回答をするのかヒヤヒヤしながら見守っていた。だが幸い、一般的な質問ばかりだったことから無事に終わった。

スタジオから出てきた結衣《ゆい》とリンは受付に向かうが、そこには意外な人物がいた。

「お姉ちゃん？」

「凛《りん》？」

受付にいたのは凛《りん》だった。

隣には長身の男性が立っていて、結衣《ゆい》にも見覚えがあった。

凛《りん》のチームで、プレイイングコーチをしているユウキだ。

先日のオールスターイベントでは凛《りん》の次に得票数が多かった、日本を代表する選手だ。

「もしかして、お姉ちゃんたちも撮影？」

「うん。凛《りん》たちも？」

凛《りん》が頷《うなず》くと、ユウキが笑顔で話しかけてくる。

「はじめまして、結衣《ゆい》さんですよね」

計算され尽くしたかのような、完璧な笑顔だった。凛《りん》と二人並んで雑誌に載っているのを見たことがあるが、実際に目の当《ま》たりにすると整った造形がより際立《きわだ》った。

「凛《りん》からよく話は聞いていますよ。お会《あ》いできて嬉《うれ》しいです。それとこちらは……？」

ユウキがそう言ってリンの方を見る。

リンは明らかに緊張している。

結衣《ゆい》は先ほどのインタビューを思い出す。

リンは「注目している選手はいますか」という質問に、「魔王です。女の人ってだけじゃなくて、プレイも一番強いと思っています。憧れの人です」と答えていた。

そして、その憧れの対象が目の前にいるのだ。

「あ、あの、リンです」

凛《りん》とユウキの顔が少し変わる。当然だ。結衣《ゆい》は苦笑する。

「うちの選手です。同じ名前なんです、妹と」

ユウキは「へえ」と言って面白そうな顔をする。凛《りん》は相変わらずの無表情で、考えが読めない。ユウキはそんな凛《りん》の方をチラリと見て、リンに話しかける。

「リンさん……ってややこしいな。君、プロ経験はあるの？」

「ないです。チーム経験も」

リンが答える。

「それはすごい。年齢は？」

「十七歳です」

「それでいきなりプロチームか。調子はどう？　スクリムとか、もうしてるんだよね」

ユウキはにこやかな笑顔で聞いてくる。突然の質問にリンは「うっ」と言って結衣《ゆい》を見る。

「悪くないですね」

結衣《ゆい》が代わりに答えるが、完全に強がりだった。

ユウキは何も言わずに頷《うなず》いている。

だが、先ほどのリンの反応から、うまくいっていないのはバレバレだった。

それに、ユウキが結衣《ゆい》たちのスクリム戦績をある程度把握している可能性は十分にある。スクリム相手は基本的にアジアの似たようなチームになる。マネージャーやコーチ同士の雑談などを通じてなんとなく、各プロチームの強さは広まるものだ。

「お姉ちゃんは何をしてるの？」

これまで黙っていた凜《りん》が言葉を挟んできた。

「私は、マネージャー的な立ち位置で」

「選手を選んだのはコーチ？　それともお姉ちゃん？」

突然コーチの名前が出てきて結衣《ゆい》はビクッとする。コーチは、今はいないのだ。

「私、だけど。でも、シーズン直前で、集めるのは結構苦労したんだ」

「やっぱり……ネットだと寄せ集めとか言われてるけど、良《い》い選手たちだと思う。セジュンもテオもナオトも、これまで目立ってないけどうまいよ。ジンさんも、まだ全然やれると思う。私、エニグマの選手はお姉ちゃんが選んだと思ってた」

凛《りん》は相変わらず無表情だが、さっきまでより表情は柔らかいように見える。

というかサラッと『寄せ集め』と言われたが、そんな評判が立っているとは知らなかった。

でもこれは、褒められているのだろうか？

結衣《ゆい》が言葉を選んでいると、

「この子は、ちょっと知らないけど」

凛《りん》はリンにちらりと目を向けた。その視線は驚くほど冷ややかだった。

結衣《ゆい》がリンを見ると、彼女はまだ緊張しているようだった。

結衣《ゆい》は手を強く握りしめ、

「り、リンを誘ったのも、私だよ」

と言った。

「お姉ちゃんが？」

凛《りん》の表情が、初めて変わった。

「リンは、ＦＰＳを始めてまだ一年しか経《た》っていないの」

「……他のＦＰＳ経験があればそれぐらいでプロになるのは普通だけど」

「違う。ＰＣゲームを始めたのがそもそも一年前」

結衣《ゆい》の言葉に対し、ユウキが驚いた表情で口を挟む。

「ゲーム経験が一年？　それでプロチームに所属するなんて、無茶すぎる」

結衣《ゆい》は首を振り反論する。

「普通では考えられないかもしれません。でも、リンは今まで見たどんな選手とも違う。もっとプレイを見ていたいと思わせる特別な才能があります」

凛《りん》は結衣《ゆい》の言葉を聞きながら、リンをじっと見ていた。

結衣《ゆい》がリンを見ると、彼女は口をぽかんと開けて結衣《ゆい》を見返していた。

ユウキはそんな結衣《ゆい》たちを見て肩をすくめ、

「……君、なんでわざわざ凛《りん》と同じ名前にしたんだい？　憧れてたから？」

とリンに尋ねた。リンは慌てて答える。

「それも、ありますけど、それだけじゃないです」

その時、結衣《ゆい》は先ほどのインタビューでリンが同じ質問に答えたことを思い出した。

「――私の方が有名になればいいやって、そう思って」

とリンは言った。そして「けど、やっぱり紛らわしいから、本当は変えたらよかったなって思ってるけど」と付け加えて笑った。

「へえ、なかなか大胆な発想だね」

とユウキが笑いながら言ったが、場の空気は再び凍りついた。

「……なんでお姉ちゃんが一緒に？　今日はコーチと一緒の撮影でしょ？」

と凜《りん》が急に話題を変える。

突然の質問に、今度は結衣《ゆい》が「うっ」と声を出した。

「いや、コーチは、今は、ちょっと」

結衣《ゆい》がしどろもどろに言うと、ユウキが笑い出す。

「なんだ、凜《りん》知らないのか。エニグマのコーチ、消えたんだよ。しかももう三人目」

この男、なんで知ってるんだ。

この業界は噂《うわさ》があっという間に広まると聞いていたが、本当に早い。

「そうなの？」

「消えたというか、辞任ですけど」

結衣《ゆい》が訂正するとユウキが再び笑う。

「実態は同じでしょう。まあ、災難でしたね。あの人、以前から不安定だったから」

そうだったのか。結衣《ゆい》は知らなかった。

「で、新しいコーチは見つかったんですか？　僕らとの試合までほとんど時間ないですけど」

ユウキは相変わらずの笑顔で質問を投げかけるも、結衣《ゆい》は即答できない。

ふと、凜《りん》の顔を見ると、先ほどまでと一転して、少し不安げな表情だった。

結衣《ゆい》はその瞬間、以前にホテルのラウンジで凜《りん》に相談した時のことを思い出した。

今の凜《りん》の表情は、あの時と同じだった。

隣のリンを見ると、凜《りん》と同じように、不安げな顔をして結衣《ゆい》を見ている。

その顔を見て、今度は、結衣《ゆい》がコーチをした時のスクリムの記憶が蘇《よみがえ》る。

リンは、初めてチームの力になれた気がすると、そう言っていた。

「――コーチはいます」

気づくと、結衣《ゆい》の口からそんな言葉が出ていた。

ユウキが意外そうな顔をする。

「へえ、この時期によく見つけましたね。誰がやるんですか？」

「私がやります」

「え？」

リンと、凜《りん》が同時にそう言った。

ユウキは「……結衣《ゆい》さんが？」と真偽をはかりかねるような表情で尋ねる。

「はい、私が、コーチをやります」

「ね、ねえ、結衣《ゆい》さん本当にやるの？　前に断ってたじゃん」

リンが小さい声で結衣《ゆい》にそう言うのを見て、ユウキが「あはは」と笑う。

「楽しみにしてますよ。いい試合ができればいいですね」

ユウキはそう言って去っていく。

「お姉ちゃんが、コーチ？」

凜《りん》はそうつぶやき、ユウキの後を追って行った。


「結衣《ゆい》さんがやるコーチ、楽しみだな」

中目黒のオフィスへの帰り道、リンは笑いながら結衣《ゆい》の前を歩いていた。

リンの手にはフィギュアが握られている。オフィスの受付脇にあるグッズ売り場で、リンはヴェインストライクのキャラクターフィギュアを気に入り、結衣《ゆい》はそれをプレゼントした。

そんなリンの後ろを歩く結衣《ゆい》は、内心で頭を抱えていた。

また、勢いで口を滑らせてしまった。会社を辞めた時も同じだった。

自分は、コーチをやったことなんて一度もない。この前だって、たまたま上手《うま》くいっただけかもしれない。

残された期間はたった一週間。対戦相手は日本最強チーム。

コーチは三人消えて、四人目のコーチは未経験者の自分。

結衣《ゆい》はこれからのスケジュールを頭の中でめぐらせた。

＊＊＊

キングダムとの試合当日。結衣《ゆい》はいつもより早めにオフィスに出向いた。

夜中にはキーボードやマウスの音が鳴り響いているこの空間が、今はとても静かだった。

結衣《ゆい》はいつものように、まずは選手たちが残していったお菓子やカップラーメンの袋を片付ける。ゴミ箱に捨てるように何度も注意しているが、改善される見込みはない。最初、犯人はセジュンやナオトだと決めつけていたが、リンも常習犯だった。

いよいよ、だった。

オフィスのドアが開く音がする。結衣《ゆい》が振り向くと、ジンが立っていた。

「おはようございます」

「あれ、結衣《ゆい》さん」

「ジンさん、いつも早いですね」

ジンはいつもチーム練習開始時間よりもだいぶ早く来て、ルーチンをこなしている。

「他の奴《やつ》らに比べたらね。自分は後がないんで」

「そんなことは」

「ああ、すみません気を使わせて。でもいいんです。毎年、今年が最後かもと思ってますよ」

ジンの年齢は二十六歳。確かに、いつ引退してもおかしくない。ジンは都内の大学の心理学部に在籍中だが、現在は休学している。卒業するつもりはあるのだろうか。

eスポーツ選手の引退後のキャリアは多様だが、まだ固まっていないのが現状だ。

ただ、リアルスポーツの選手と同様、成績がふるわなかった選手の引退後は厳しい。

気まずい空気が流れる中、結衣《ゆい》はジンに質問を投げかけた。

「あの、ジンさんは今日勝てると思いますか」

ジンは苦笑いしながら答えた。

「答えにくい質問ですね。キングダム相手に、余りもの集団が勝てるかどうか、ですか」

「え、余りものって」

「あはは、否定しないんですね。いや、俺も実際そうだと思います」

「ごめんなさい」

「いや、こちらが申し訳ないです。でも、一つだけ言わせてください」

「……何ですか？」

「俺たちは勝つためにここにいます。どんなに強敵相手でも、諦めるつもりはないですよ」

ジンにも、当然の覚悟があった。

結衣《ゆい》が黙っているのを見て、ふっと笑った。

「まあ、そんなこと言っても、客観的には俺たちが勝てる可能性は低いですよね。でも、だからこそチャンスがあるんじゃないですかね。だから、結《ゆ》衣《い》さんは俺たちを信じてください。結《ゆ》衣《い》さんが、余りものだった俺たちを拾ってくれたんじゃないですか」

そう言って、ジンは自席に座ってウォーミングアップを始めた。

結《ゆ》衣《い》は、自分の握っている手に力が入っているのに気づいた。大きく深呼吸をし、情報の整理を始めた。


午後三時、目の前では選手たちが揃《そろ》ってウォームアップをしている。

試合前のブリーフィングは既に終えた。

選手たちに緊張している様子はない。ジンはいつも通り落ち着いていて、セジュンとナオトは冗談を言い合っている。テオは相変わらず無表情だ。

一番心配していたリンも、落ち着いているように見える。

「そろそろ試合の時間なので、準備しましょう」

結《ゆ》衣《い》が声をかけると、選手たちはそれぞれゲームクライアントを立ち上げる。

公式試合は、ゲームの開発元から配布された特別バージョンを用いることになっている。『チート』と呼ばれる不正行為を抑止するためにも必要なものだった。実際のスポーツでも不正はしばしば問題になるが、オンラインゲームだと各自の環境を完全に制御するのがより困難だ。そのため公式戦に限らず、こうしたチート対策は最も重要な課題の一つとされている。

運営からの説明が終わり、試合前の待機画面になった。

既にネット配信も始まっているはずだ。

キングダムの初戦ということで、百万人近くが自分たちのプレイを見ているだろう。世界大会だと五百万人を優に超える視聴者がいたのだから、決して過大な見積もりではない。

いや、自分たちではないか。

ほとんどの視聴者の目的は、凜《りん》たちのプレイを見ることだろう。

そんな空気に一矢《いっし》報いることができるか。

運営から指示があり、各チームによるマップの選択が始まる。

今日の試合は最大三マップを戦い、二マップ先取で勝利だ。

第一マップを結衣《ゆい》たちエニグマが選択し、その後に第二マップを凜《りん》たちキングダムが選択した。第三マップは、残されたマップの中から運営によってランダムに選択された。

第一マップが始まり、結衣《ゆい》は別室でゲームモニターを見ている。

オンラインの公式試合では、選手とコーチは厳密に別室に隔離されている必要があった。そのため、マップ選択後、コーチは別室からサーバーに接続することになる。選手と会話ができるのも、タイムアウトまたはハーフタイム中のみだ。

第一マップとして選ばれたのは、日差しに輝く石造りの建物と、狭い路地が特徴的な砂漠を舞台としたマップだ。

　静かだったボイスチャットに、セジュンがぼそっとつぶやく。

「キングダムの奴《やつ》ら、こっちのキャラ構成に絶対ビビってるよな」

「どうかな。ユウキさんだし、これぐらい予想してるかも。まあ、配信見てる奴《やつ》らはビビってるかもな」

　とテオが応えた。

「でも相手のキャラクター構成、結衣《ゆい》さんが言ってた通りだね」

　リンが少し興奮の混じった声で言うと、ナオトが「そりゃあそうだろ、あいつらこのマップだとずっとこの構成だもん」と言った。

　ヴェインストライクには百体近くのキャラクターが存在する。そのため、各マップでどの五体を選ぶか、すなわちキャラクター構成は戦略上極めて重要だ。

　ナオトが言っていた通り、キングダムは従来のキャラクター構成を採用していた。これは世界的にもよく見られる構成だ。

　一方、結衣《ゆい》たちエニグマはキングダムと全く異なる構成を採用していた。

　ラウンド開始前の武器購入の時間が終わり、ラウンドが始まると、画面上で選手たちが勢いよく動き出す。ヘッドフォンからは短い報告の声が飛び交う。選手たちは敵の動きを見極めつつ、目標地点近くで集合する。

キングダム側も、きっと待ち受けているだろう。

「五秒後にいくぞ」

とジンが指示を出す。

リンを先頭に、エニグマのメンバーが目標地点の手前に並ぶ。

結衣《ゆい》は緊張で喉が渇くのを感じる。

凜《りん》の試合は、これまでもずっと見てきた。

でも、これまではただ見ているだけだった。

今日も、自分がプレイするわけではない。それでも、これまでとは緊張感が全く違う。

凜《りん》との戦いが、今、始まった。


交戦が始まってからの展開は早かった。

このマップでAサイトは高いミナレットのそばに位置しており、そこからはマップ全体が見渡せる。一方、Bサイトは市場の中央に設置されており、カラフルな布製品の屋台や香辛料の売り場が複雑に絡《から》み合う迷路のようになっている。

エニグマの選手たちはまず、Aサイトに向けて行動を仕掛けた。

サポート役のセジュンやジンがスキルを用いて、突入を匂わせる。

もちろん、これはフェイクだ。キングダム側もおそらくそれは読んでいるだろう。

エニグマの選手たちは速やかに逆のBサイトへと移動し、再度アクションをしかける。

おそらく、キングダムはこれがエニグマの本命と考えたのだろう。エニグマのアクションに対して、キングダムは多くのスキルを返してきた。

——読み通りだ。

結衣《ゆい》は、心の中でガッツポーズをした。

キングダムは、特にこのマップにおいては、フェイクを仕掛けられたその次にアクションがあったサイトを本命と考える傾向にあった。そしてその傾向は、初回のラウンドで顕著だ。

キングダムからのアクションを確認した直後、エニグマはAサイトへと切り返す。

今度こそ本命だった。リンを起点に、選手たちは一気に突入していった。

サイトに切り込むタイミングはリンに任せてあった。サイトに入ってからも、細かい手順は決めておらず、選手たちのその場の判断が優先だ。

既に多くのスキルを消費していたキングダムは、エニグマの攻勢を阻止できず、次々と倒されていった。エニグマは、瞬《また》く間《ま》に目的地を制圧することに成功した。

ヴェインストライクでは、一度攻撃サイドに目標地点を制圧されて爆弾を設置されると、防衛サイドはその地点を制圧し直した上で、爆弾を解除しないといけない。

つまり、攻撃サイドが目標地点を制圧した時点で攻守が逆転する。

エニグマの選手たちは爆弾設置後、事前の打ち合わせ通りの堅い防衛陣形を整えた。

キングダム側に残されたのは、逆サイトに残っていた凛《りん》とユウキの二人だけ。

一方、エニグマはまだ五人全員が健在だった。

まず、先に寄ってきたユウキが倒された。このまま凛《りん》を倒して、初回ラウンドはエニグマの勝ちだ。結衣《ゆい》も、そして選手たちもそう思っただろう。

だが、そうはいかなかった。

ヘッドフォンに、前線に残っていたジンの声が響く。

「——え、後ろから?」

ジンが倒されて直《す》ぐ、セジュンの声が続く。

「あれ、横か?」

あっという間に二人が倒されたその時、ナオトが叫ぶ。

「正面だ! 正面からだ!」

ジンもセジュンも、正面からやってきた凛《りん》に倒されていた。

彼らが気づけなかったのは、あまりにそれが一瞬だったからだ。

「ナオト、一緒に出るぞ!」

テオが声をかけ、二人が同時に顔を出して凛《りん》を食い止めようとした。

流石《さすが》にこれで止まるだろう。そう思った矢先だった。

「——まじかよ」

セジュンが小声でつぶやいた。

凛《りん》を視認したのとほぼ同時に、ナオトとテオの二人が同時に倒された。

エニグマには、リンだけが残された。リンはまだ身体《からだ》を隠している。

サイトに設置された爆弾を、凛《りん》が解除する音が聞こえてくる。

フェイクか？　それとも本当に解除しているのか？

リンは後者を選択し、姿を現した。

リンの賭けは成功した。凛《りん》は爆弾を解除していて、無防備だった。

しかし、リンが現れたと同時に凛《りん》は爆弾解除をキャンセルする。

凛《りん》とリンの二人が、ほぼ同時に撃ち合った。

「……あっぶなかったあ」

勝ったのは、リンだった。相手よりも有利な状況を、なんとか活《い》かすことができた。

セジュンとナオトがボイスチャットで騒ぐ。

「おい、向こうバケモノいるぞ！」

「だから魔王なんだろ」

「まじで勘弁してくれよ。結衣《ゆい》さんとんでもないものを作り出したな」

「あいつ作ったの結衣《ゆい》さんじゃないから。なんなら結衣《ゆい》さんも同じ奴《やつ》から作られたから」

二人が騒いでいる中、結衣《ゆい》はホッと胸をなでおろした。

ジンが落ち着いて呼びかけた。

「お前ら落ち着け。とにかく作戦では勝ってる。このままプラン通り行くぞ」

「まあ確かに、バケモノが一匹いただけで、作戦では勝ってたよな」

とセジュンが言うと、リンが
「全部、結衣《ゆい》さんが言った通りに進んだよね。なんか魔法みたい」

と言った。ナオトも「それは思った」と同意した。

「データがどうとかこうとか、僕も半信半疑だったけどね。キングダムも意外と単純なんだね。これなら勝てるかも」

「とにかくお前ら、集中しろよ。すぐ始まるぞ」

ジンがそう言ったと同時に、二ラウンド目が始まる。

大丈夫だ、みんなちゃんと動けてる。

結衣《ゆい》は自信を持って、手に力を込めた。


その後のラウンドも、エニグマが次々に取得していく。

相変わらず凛《りん》に破壊されそうになるラウンドはあったが、エニグマはそれまでに圧倒的な優位を築くことができていた。

おそらくキングダム側は、なぜここまで圧倒されているか理解できていないだろう。

結衣《ゆい》は、海外の強豪チームがノーマークだったチーム相手に翻弄される展開が好きだった。試合をたくさん見ていると、意外にこういったケースは多い。

そして、その原因ははっきりしている。情報の格差だ。

エニグマとキングダムとでは、公開されている情報の量が全く違う。戦術の幅が無数にあるヴェインストライクにおいては、その差が勝敗に大きく影響を与える。

そろそろ立て直しを図ってくる頃だろうと結衣《ゆい》が思ったまさにその時、キングダムがタイムアウトを取得した。

結衣《ゆい》は、落ち着けと自分に言い聞かせる。コーチになって、初めてのタイムアウトだ。選手に何かを伝えられる時間は一分しかない。手元のメモを見ながら、喋《しゃべ》ろうとする。

「えっと、あの……」

緊張で、うまく言葉が出てこない。

「おーい結衣《ゆい》さん、落ち着けよ」

セジュンが励ましの言葉をかけてくれて、結衣《ゆい》は少しリラックスする。

「……ありがとうございます。次のラウンドは、待ち構え作戦でいきましょう。相手は、どこか特定のエリアを詰めてくると思います。特に、Bサイト側のテオさんとセジュンさんは注意してください」

話している間に一分はあっという間に過ぎ去り、次のラウンドが始まる。

結衣《ゆい》の予想通り、次のラウンドでキングダムはプッシュしてきた。

テオとセジュンが待っているBサイト側に、複数の人影が現れる。

二人は、待ってましたとばかりに敵を一掃した。

「ひょー、本当にこっち側詰めてきた。結衣《ゆい》さんまじで予言者だな！」

セジュンが興奮する声が聞こえる。

これも、キングダムの傾向を分析した結果だった。面白いくらいに、研究がハマっている。

とはいえ、そろそろ相手も完全に自分たちが研究されているということに気づくだろう。

なんせ余りもののメンバーと、未経験のコーチだ。

向こうがこちらを警戒していないのは当然だった。


エニグマは前半で大きなリードを築いた。

後半は攻守が入れ替わり、エニグマは防衛サイドになる。

ラウンドが始まると、攻撃サイドのキングダムは素早いテンポで目標地点まで突入してきた。

大量のスキルを消費して、安全に目標地点を制圧した。お手本のような攻め方で、完璧な流れだった。あとは爆弾を設置して、堅い防衛陣を敷くだけだ。

――と、キングダムは思っていただろう。

キングダムの攻め方を予測していたかのように、エニグマの選手たちはワンテンポ遅れて一斉に反撃に出た。キングダムは、警戒がわずかに緩んでいたためか、突入してきたエニグマの選手たちによって瞬《また》く間《たま》に倒された。

「うおおおおおまじか！　これも大成功！」

セジュンの歓声が上がる。結衣《ゆい》も、今日何度目かわからない安堵《あんど》のため息をついた。

これも、キングダムが最初のラウンドでよくやってくる速い攻めに対する、アンチ戦術だ。最近海外の大会ではよく見られるようになってきたが、国内ではまだ見かけない。初見の相手だったら、かなりの確率で出し抜ける。

これは、いける。結衣《ゆい》は手を強く握りしめる。

「よっしゃあああああ！」

今日何度目になるかわからない、セジュンの叫び声が聞こえてきた。その裏でテオが

「本当にキングダムからマップ取っちまった」

とつぶやいている。

エニグマはキングダムから第一マップを奪取した。驚くほどの圧勝だった。

「これが配信されてるって感動ものだなあ。あー、今日だけでサブスク何人増えるかなあ」

ナオトが感慨深く言う声が聞こえてくる。

しかし、本当の勝負はこれからだった。

第一マップはある意味、初見殺しを連発したようなものだった。

第二マップは、きっとそうはいかない。

＊＊＊

同時接続数をチェックした。

開始時は百万人強だったが、試合が進むにつれて一気に増加していった。おそらく、SNSのトレンドにはキングダムとエニグマという二つの単語が入っているだろう。

それほどに、驚愕《きょうがく》の展開だった。

『うーん……正直、驚きですよね』

実況が唸《うな》るようにそう言うのを聞いて、解説者は
『そうですか？』

と、わざととぼけたように返した。

『いや、そうでしょう。キングダムが初戦でマップを落とすなんて、誰が予想できます？』

『実は私、この展開もあり得ることではないかなと思っておりまして』


解説者は実況アナウンサーにそう問いかけて、

『この展開、どう見ますか？』

『いやいや！　それは流石《さすが》に後出しじゃんけんじゃないですか？』

『いえいえ本当ですよ。実は今日の試合の前、プロ選手がネットに上げていた各予選グループの勝敗予想動画を見ていたんです』

『へえ、そんなのが』

『はい、最近多いですよ。そこであるプロ選手がエニグマをかなり高く評価していたんですね。私、その選手の意見は結構信頼しているんですが、どうも、最近のエニグマのスクリムの戦績がかなり良《い》いという噂《うわさ》がプロ選手間で広まっているらしいんですよ』

『かなり良《い》いって、どれぐらい？』

『韓国や中国のトップティアチームを軒並みボコボコにしてるみたいですね』

『それ本当ですか⁉　いや、確かに経験のあるメンバーはいますが……』

　実況アナウンサーは最後の言葉を少しにごす。

『はい、言いたいことはわかります。決してこれまで目立った実績を残したメンバーではないですね。しかも、アタッカーとコーチはおそらく公式試合に登場するのは初めてでしょう』

『それぞれ、リンとユイですね。しかもこの二人って……』

『はい、両方女性ですね。魔王以外で女性がプロシーンに出てくるのは非常に珍しい。特にコーチだと、おそらく世界的にも珍しいんじゃないかと思いますね』

『なるほど、リンの凄《すさ》まじさは既に視聴者の皆さんも十分におわかりかと思いますが、このコーチはどうなんでしょうか』

『私はリンよりもむしろ、このコーチに注目したいですね』

『コーチに？　リンよりもですか？　リンが最終ラウンドに出した四連続の一タップなんて、大会ハイライトにも残るレベルだと思いますけど』

『はい、第一マップを見ているだけでも、執拗《しつよう》なまでのキングダム対策をしてきたことが一目でわかります。見ていて怖くなるぐらい、完璧に読み切っています』

『なるほど……これはもしかしますか？』

『ええ、第二マップも楽しみですよ』

『さて、流石《さすが》に第二マップはキングダムが立て直すのか、続きを楽しみにしましょう！』

＊＊＊

「あーあ、第一マップでキングダムのメンタルブレークしたと思ったんだけどなあ」

第二マップを終えて、結衣《ゆい》が選手スペースに行くとセジュンがそう言いながら身体《からだ》を伸ばしていた。

第一マップが終わり、少しの休憩を挟んですぐに第二マップは始まった。

第二マップは、キングダムが得意とするマップの一つだ。

結果的に、第一マップとは打って変わって、第二マップはキングダムの圧勝だった。

結衣《ゆい》が後ろから声をかけられる。

「流石《さすが》に強かったですね」

結衣《ゆい》が振り向くと、休憩から戻ってきたジンが立っていた。

「すみません、対策ができていなかった方のマップを選ばれてしまいました」

ヴェインストライクには多数のマップがある。しかし、この短期間でエニグマに練度を高める時間があったのは、少数のマップだけだった。

「そればかりは仕方ないです。流石《さすが》に強かったですね。ナオトやセジュンなんて、途中相手に感心してましたよ」

ジンが苦笑してそう言うと、横から
「結衣《ゆい》さん」

と声がする。リンが座って結衣《ゆい》を見ている。結衣《ゆい》はリンに近寄る。

「リン、お疲れさま」

「ごめん、負けちゃった。相手、ちゃんと対策してきたね」

リンは悔しそうに下を向く。

「ううん、第三マップ頑張ろう。でも、確かに相手も私たちのやり方を摑《つか》んできてると思う」

「次のマップって、本当に結衣《ゆい》さんが言っていた通りでいいの？」

「うん、好きにやってもらいたい」

結衣《ゆい》とリンのやりとりを聞いていたナオトが横から割り込む。

「好きにやれ、ねえ。ちょっと僕らのこと信頼しすぎじゃない？」

「あ、もちろん適当にやってくださいという意味じゃないですよ。多分、色々と考えてやってもキングダムに勝つのは厳しいと思います」

「めっちゃ正直だな！」

ナオトがツッコミを入れるが、それは結衣《ゆい》の正直な気持ちだった。

残念ながら、最後のマップも、多くの練習時間を割けていないところだった。付け焼き刃の作戦を用意しても、逆効果だろう。

だが、三マップ目は一つだけ変えたいところがあった。

結衣《ゆい》はリンの方をチラリと見る。今日は、最初のマップからリンは割と素直なプレイをしている。彼女なりに、チームとしての動きに徹しているのだろう。

「ねえ、リンは最初の二マッププレイしてみてどんな気持ちだった？」

「え、私の気持ち？」

「うん、楽しかった？」

「え、楽しかったかどうかって言われると」

リンは言葉に詰まる様子を見せる。この子は本当に、素直な子だ。

「あのさ、最後のマップは思いっきり楽しんできていいよ」

「え、そんなこと言われても」

リンがまだ戸惑っていたが、セジュンが割って入った。

「いつものプレイでいいってことじゃね？　ランクマッチでやっている感じだよ」

「うん、リンが私と一緒にプレイしていた時みたいにやってくれればいいよ」

「でも、自由にやってみんな困らない？」

リンは心配そうに尋ねる。セジュンが「ああ、もうそれでいいよ」と諦めたように言う。

「どうせお前、色々と考えたところでパンクするだろ。適当にカバーするよ」

横からテオが「それセジュンが言うことじゃないと思うけどな」と言っている。

リンは少し考えたあと、結衣《ゆい》に笑顔を向けて、

「うん、じゃあそれでやってみる」

と言った。


最後のマップとして選ばれたのは、未来的な摩天楼が密集し、透明なガラスの橋や光る広告板がプレイヤーの視線を奪う、高度文明都市が舞台のマップだった。

Aサイトは大規模なデータセンターの内部、サーバー群の間に設けられている。Bサイトは巨大なオブザベーションデッキで、全都市を一望できるようになっている。

このマップは、プレイヤー間で特に人気がある。見た目の華やかさに加えて、マップ構造が素直で、チームの実力差が出やすいことが人気の原因だ。

「おい、ナオトそっち見ろって！」

「は？　どっちだよ？」

「右！　あ、違う左！　あーあーあーやられちゃった」

「なあセジュン、お前バカだろ」

最後のマップで、エニグマの選手たちは、公式戦というよりも、カジュアルなランクマッチのような雰囲気でプレイしていた。各自がその場の判断に従ってプレイを展開している。

結衣《ゆい》は、エニグマの選手たちがこんなにも楽しそうにプレイしているのを初めて見た。

もちろん、キングダム相手に楽しむだけでは勝てない。

何度も押し返され、敗れるラウンドが積み重なった。

だがその中で、一際《ひときわ》目立つプレイを見せるプレイヤーがいた。

「やった、またエースだ！」

リンが楽しそうに叫んだ。

「リン、このマップでエース二回目だろ……えぐいな」

ジンが珍しく動揺しているが、それも当然だった。ラウンド内で一人が敵チームを全滅させる『エース』を、リンはこのマップで既に二回達成していた。

セジュンがつぶやく。

「そういやこっちにもバケモノがいたなあ」

結衣《ゆい》は、なぜリンがキングダム相手にここまで一方的に勝てるのかを考えた。

おそらく、リンの独特なリズムにキングダムの選手たちが対応できていない。リンは、誰も予想できない場所から、予想できないタイミングで身体《からだ》を出す。おそらく、本能的にやっている。

もちろん、ひどいミスをすることもある。辞めていったコーチたちが指摘していたように、無駄なクセも多い。

結衣《ゆい》は、リンのプレイを見ながら、一緒にプレイしていた頃のリンの姿を思い出していた。

見たこともないような方法で敵を倒す。

次に何を起こすか、全く想像できない。

いつの間にか、リンのプレイから目が離せなくなる。

確かに凜《りん》は、他の誰よりもうまいかもしれない。

でも、リンは他の誰とも似ていない。そして、今ここにいる誰よりも強い。

少なくとも、結衣《ゆい》にはそう感じられた。

「流石《さすが》に勝てなかったかあ」

ソファに横になっているセジュンが感想を漏らした。

三マップ目、序盤はキングダムと互角に戦えていたものの、その差はだんだんと開いていった。重要なラウンドをいくつか連取され、最終的には十三対九というスコアで敗れた。

悪くはないが、接戦とも言えない結果だった。

テオがスマホを眺めながら、冷静に言った。

「国内王者相手に、少ない準備期間でこれだけ戦えたんだ。十分だろ。コメント欄見てると観客の反応もあっさりしてるし。試合後のインタビューは盛り上がってたみたいだけどな」

「盛り上がるって、どうせほとんどリンに対してだろ。さっき一瞬だけ配信付けたらさ、コメントでほとんどリンのことしか聞かれなかったんだけど。僕の配信だっつうの」

ナオトは一見不満げに言うが、結衣《ゆい》が見たかぎりナオトの配信のサブスクもちゃんと増えていた。まんざら不満というわけでもないのだろう。

「待ち望んでいたニュースターの誕生ってことだな」

とジンが加わり、ゲーミングスペースでエイム訓練ソフトをプレイしているリンを見つめた。

結衣《ゆい》は選手たちの会話を聞きながら、取材の依頼に返事をしていた。メディアからの関心は主にリンに集まっている。

嬉《うれ》しい悲鳴ではあるが、どうしたものか迷う。

試合後のインタビューで、緊張していたリンはほとんど喋《しゃべ》らなかった。

だが、それもミステリアスさと受け止められたようだ。容姿、年齢、実力、それら全てがリンに好感を持たせる方向へと働いた。ニュースター誕生という言葉は、決して大袈裟《おおげさ》なものではない。

「でもさ、魔王ちょっと調子悪かった？」

セジュンが言うと、横からナオトが反応した。

「え、セジュンそれ本気で言ってる？　一マップ目の魔王バケモノだったじゃんか。二マップ目なんて完全に破壊神だよ」

「いや、最初の二マップはそうだけどさ。最後のマップのことだよ」

「確かにスコアは目立たなかったけど。ていうか僕ら、それに負けてるじゃん」

「それは俺らが好き放題しすぎたっていうか。なんか俺、魔王に普通に撃ち勝てたんだよな」

「セジュンが魔王に撃ち勝てた？　なら、確かにおかしかったのかもね」

「おい、ケンカ売ってるのか？」

結衣《ゆい》はセジュンとナオトのやりとりが少し気になったが、皆に声をかける。

「ともかく、健闘したと思います。皆さん、本当にお疲れ様でした」

「結衣《ゆい》さん」

と、結衣《ゆい》の言葉に反応したリンが、ゲーミングスペースから振り返る。

その表情には、どこか達成感が見えた。

「リン、楽しめた？」

「魔王と戦えるなんて思ってなかったから……なんだか不思議な気持ちがする。でも、うん、楽しかったと思う」

「そっか、よかった」

結衣《ゆい》はそう言うと、ふと視界がぐらついた。

「ちょっと、結衣《ゆい》さん!! 大丈夫ですか？」

急に横から腕を掴《つか》まれた。ハッとそちらを見ると、ジンが結衣《ゆい》の腕を掴《つか》んでいた。

「ご、ごめんなさい」

テオが呆《あき》れたように言った。

「結衣《ゆい》さん、この一週間ほとんど寝てないでしょ。体調崩したら困るよ」

結衣《ゆい》は苦笑して、「まあ、最悪私だったら倒れても大丈夫ですし」と返した。

セジュンが「はあ？」と声を張り上げる。

「何言ってんだよ、結衣《ゆい》さんが今日一番活躍してたよ」

「私が、活躍？」

「そうだよ！ 全部結衣《ゆい》さんの言う通りになって、まるで魔法みたいだった」

リンが目を輝かせて言った。

その言葉を聞いて、結衣《ゆい》は幼い頃に凛《りん》と遊んでいた時の記憶がふとよみがえった。

凛《りん》は、私たちのプレイをどう感じただろうか。私たちは、対等に戦えていただろうか。

そこまで考えて、結衣《ゆい》は首を小さく振った。

まだ、凛《りん》には全然追いつけていない。これからが勝負だ。

＊＊＊

平日の昼過ぎ、結衣《ゆい》はリンと共に、ヴェインストライクの開発元の会議室にいた。

開発元を訪れるのは大会前のインタビュー撮影以来で、久しぶりの訪問だった。

「リン、緊張してる？」

結衣《ゆい》が、隣に座るリンにそっと尋ねると、リンもひそひそ声で答える。

「ううん、大丈夫。でも、魔王とユウキさんに会うの久しぶりだね。またすぐに試合するかもしれないのに、なんか不思議」

結衣《ゆい》たちの向かい側には、凛《りん》とユウキが座っている。

エニグマは、キングダムに負けた後、敗者側のロウアーブラケットで全勝していた。次の試合にもし勝てば、予選通過が確定するとともに、アッパーブラケットを無敗で勝ち進んでいるキングダムと再戦することも濃厚だ。

そんな重要な時期に、運営から対談のオファーが届いた。結衣《ゆい》自身はこのタイミングの対談

は乗り気ではなかったが、リンにも聞いてみたところ、

「やりたい！　もっと私たちのチームを知ってもらえるし、応援してくれるファンも増えるかもしれないんでしょ」

と返事をしたため、引き受けることにしたのだった。

結衣《ゆい》たちがしばらく部屋で待っていると、

「お待たせしました」

と、運営の広報担当者とeスポーツキャスターが二人で入室してきた。

キャスターは、ヴェインストライクのさまざまなイベントで登壇している有名人だ。

結衣《ゆい》たちが席を立って挨拶すると、広報担当者が着席を促して、一同に声をかける。

「それでは早速ですが、事前の打ち合わせ通り、四名とキャスターでの対談を進めてください。特にメインはキングダムの凜《りん》さんと、エニグマのリンさんでお願いしたいと思います」

「じゃあ最初の質問として、ゲームを始めたきっかけは何でしょうか？　凜《りん》さんから教えていただけますか？　あ、キングダムの凜《りん》さんですね」

司会役のキャスターが尋ねると、凜《りん》は短く、

「父がプレイしていたからです」

と答えた。その顔は完全に外向けの笑顔だった。

「確かに、お父様がプロゲーマーでしたね。エニグマのリンさんの方は？」

リンは少し緊張しているようだ。

「えっと、食堂の、パソコンにインストールされてました」

リンの回答にキャスターが興味を示す。

「食堂って、学校の食堂ですか？」

リンは少し戸惑いながら「いえ、放課後に行っていた食堂です」と説明する。

キャスターは不思議そうに頷《うなず》くが、それ以上は深掘りせず、次の質問に移る。

「ゲームをすることについて、ご両親はどういった反応でしたか？　では次は、エニグマのリンさんから」

「うちは、お父さんしかいません。お母さんは昔にいなくなっちゃったから。けど、お父さんは応援してくれています」

リンの回答に若干空気が重くなり、キャスターが話題を変える。

「そうなんですね。学校のご友人の反応はどうでしたか？」

「学校にはあまり通っていません。高校は途中でやめて、通信制に変えました」

どう話題を展開しても、空気が少し重くなる。

キャスターは笑顔を保っているが、内心、事前に質問を精査しておけば良かったと後悔しているだろう。

「なるほど、ではFPSゲームを選んだ理由は？　これも、エニグマのリンさんから」

「私にも、これなら何かできると感じたからです」

キャスターが「何かできるとは？」と深掘りする。

「あの、私、学校ではあまりうまくいかなくて。周りの人と合わせるのとかが、すごく苦手で」

結衣《ゆい》はリンの話を聞きながら、まるで別の誰かの話を聞いているかのような感覚を抱いた。

「──私も同じでした」

言葉を発したのは、結衣《ゆい》が思い描いたその人だった。

下を向きながらぽつぽつと喋《しゃべ》っていたリンが、ハッと顔を上げて凜《りん》を見た。

「魔王が？」

凜《りん》も、リンの方を見ていた。

凜《りん》も、母親と幼い頃に別れている。高校は途中で退学し、通信制を卒業している。

凜《りん》と、リン。この二人は、性格も、プレイスタイルも全然違う。

ただ、その人生の道のりは驚くほど似ていた。

目で会話する二人を前に、キャスターは困惑まじりに苦笑する。

「えーっと、どうしようかな。じゃあキングダムの凜《りん》さんの方に話を移しましょうか。そちらにいらっしゃるお姉さんとは、ゲームで遊んだりされたんですか？」

「はい。私がプレイして、その後ろからおねえ……姉が見ていることが多かったです」

「へえ、お姉さんはプレイしなかったんですか」

「姉は、次に敵が来る場所や、私がどこに行けばいいかを教えてくれました。私はその指示に従って動いて、敵を倒す役でした」

「へえ、それは面白い。今でいうコーチと選手みたいな感じですね」

「はい、そうですね。ですので、姉がコーチをしているのは私からするとそこまで驚きはありませんでした」

「相手がどこから来るか教えてもらっていたということですが、それは当たるんですか？」

「ええ、姉の予想は驚くほどよく当たりました。まるで、」

凛《りん》がそこまで言うと、結衣《ゆい》の横から声が発せられた。

「今も同じです！」

「え？」

突然さえぎられた凛《りん》が、リンの方に顔を向ける。

「今も、同じです。私や、私たちと一緒にプレイしてる時も、結衣《ゆい》さんは相手がどこから来るか教えてくれるんです」

結衣《ゆい》が凛《りん》に目を向けると、彼女はリンを無言で見つめている。

だが、その視線はゾッとするほど冷ややかだった。

リンはその視線に気づかないのか、周囲に向かって興奮して話を続ける。

「まるで、魔法みたいなんです。魔王に勝ったマップでも、最初から最後まで、全部結衣《ゆい》さんが言った通りになったんです」

いつの間にか、凜《りん》の顔から笑顔が消えていた。

「魔王も昔、私と同じように結衣《ゆい》さんとプレイしていたって知って、なんだか嬉《うれ》しいです」

リンが笑いながら凜《りん》に言うと、凜《りん》は一言、

「一緒にしないで」

と冷たく返した。

その瞬間、部屋の空気が急激に冷え込んだように感じた。

予想していなかった反応に、リンの表情が固まる。

キャスターが慌てて「そ、それではちょうどいいので質問を変えますね」と場をつなぐ。

「そうだ、ここでちょうど話にも出ましたし、お姉さんにも聞いてみますか。えーとそうだな

……」

しばらくメモ用紙を見つめていたキャスターが顔を上げる。

「これにしよう。国内で最も強いと思う選手は？」

回答者となった結衣《ゆい》は、隣に座るリンの顔を見る。

うつむいている彼女の表情からは、まるで泣き出しそうな雰囲気が漂っていた。

結衣《ゆい》は深呼吸を一つして、キャスターの方を向いた。

「一番強い選手は、キングダムの凜《りん》、つまり妹だと思います」

結衣《ゆい》は、凜《りん》が自分に顔を向けたことを感じた。

「けれど」

結衣《ゆい》は言葉を続ける。

「これから一番強くなるのは、私のチームのリンだと思っています」

今度は、隣に座るリンが顔を上げるのを感じた。

「リンのプレイを見ていると、本当にワクワクするんです。無駄な動きも多いし、時にはハラハラするけど、目が離せない。何かを起こしそうな、そんな気にさせてくれる唯一無二の存在になれると思います」

結衣《ゆい》はそこまで言って、

「もしかすると、もうそうなっているかもしれない」

と付け加えた。

「な、なるほど。お姉さんはこう言ってますが、キングダムの凜《りん》さんはどうですか？」

キャスターが凜《りん》に振るが、凜《りん》は答えない。

「えっと、凜《りん》さん？　キングダムの凜《りん》さんです」

キャスターが再度声をかけるも、凜《りん》は反応しない。

その時、凜《りん》の隣に座るユウキが場を収めるように言った。

「あはは、すみませんね。凜《りん》は少し疲れてしまったみたいです。今日はこの辺で終わりにしましょう。もう十分インタビューは録《と》れたはずです」


席を立ってから部屋を出るまで、凜《りん》は一言も発さなかった。

帰《かえ》り際《ぎわ》、ユウキが一人で結衣《ゆい》たちのもとへ来た。リンをじっと見るその眼《め》は、おどろくほど冷たかった。ユウキはそのまま、何も言わず去っていった。

帰路、リンが「魔王、最後どうしたんだろう？　急に黙っちゃったけど、大丈夫かな」と心配そうに聞いてきたが、結衣《ゆい》には答えられなかった。

＊＊＊

グループ予選の最終戦まであと数日。

エニグマのオフィスでは、練習前の選手たちが会話を交わしていた。

「ただでさえこの前の試合で同接めっちゃ増えたのに、リンと魔王の記事が出た後、また一気に増えたんだよね。そろそろ過去の色々ひっくり返されて炎上しないか怖くなってきたよ」

怖いと言いながらもナオトの顔には笑みが浮かんでいる。

「過疎ってたジンさんの配信も最近人増えたよな」

　とセジュンが言うと、ジンが
「過疎ってたわけじゃない、配信してなかっただけだ」と反論した。

　横にいるテオが「それ、ジンさんのカメラにリンがたまに映り込むのが目当てらしいぜ」と加わると、ジンが「え、そうなの」と驚き、セジュンはその反応に爆笑していた。

　この前の凜《りん》たちとの対談の反響は、予想の数倍どころか数十倍はあった。

　制作サイドの尽力により、対談は無難な内容でリリースされた。内容自体に嘘《うそ》はないものの、もはや写真撮影のために行ったのではないのかと思えるほどの編集ぶりだった。

「ナオトとリンのデート写真流出事件も笑えたよな」

　セジュンが笑いながら言い出すと、ナオトが反応する。

「あれとかさ、単に買い出し行ってるだけじゃん。ていうか僕より強い奴《やつ》と付き合うとか劣等感で死ぬから絶対無理なんだけど。そもそも誰かと付き合う時間なんてゼロだよ。むしろ労働基準法違反ってことでリークしてほしいよなあ」

　ナオトの言葉を無視してセジュンが「でも、魔王と結衣《ゆい》さんまで標的にされたのはビビったなあ」と言うと、テオが「あの記者もどき、ひどいよな。いつも適当なこと書いてるし」と応える。

　自身の話題となった結衣《ゆい》が

「いえ、実際に問題があったことは事実なので」

と言葉を挟むと、ジンが珍しく憤《いきどお》った調子で喋《しゃべ》る。

「問題なんて無いですよ。西川《にしかわ》は無実だったじゃないですか」

つい先日、SNS上で凛《りん》と結衣《ゆい》がゴシップのターゲットにされたのだ。

『先日の試合で戦った魔王と、相手チームのマネージャーは実は姉妹。その父親はチート疑惑で選手を引退した日本初のプロゲーマー⁉』

と書かれていた。

この前の対談で結衣《ゆい》と凛《りん》が姉妹であることが話題になり、それに便乗したネタだ。

結衣《ゆい》も、流石《さすが》に父のエピソードを今更掘り出されるとは思っていなかった。

黙る結衣《ゆい》を見て、リンが声をかける。

「ねえ結衣《ゆい》さん、あの段ボール箱はなに?」

リンが指差す箱は、その日の朝に届いたものだった。

「あ、ええ。皆さん、本戦ではこのユニフォームを着てください」

結衣《ゆい》が箱から取り出したのは、ロゴが入ったユニフォームだった。

「おお、かっこいいじゃん。スポンサーロゴもあるし」

ナオトが服を手に取ってぶらぶらとさせる。

グループ予選での活躍が認められ、エニグマにはスポンサーがついたのだった。スポンサーとしてついたのは、外資系のＩＴ企業。ブートキャンプやデバイス費用を全面的にカバーしてもらえることとなった。

スポンサー獲得の手引きをしてくれたのは、結衣《ゆい》の以前の勤務先の先輩社員だった。「どうせスポンサー集めする時間なんてないんだろ」と相変わらず失礼な言いぶりではあったが、その通りだったので何も言えなかった。何よりも、紹介してくれたのはありがたい。

四条《しじょう》からは、当面スポンサーについては気にしなくて良《い》いと言われていたが、長期的な運営の安定性を考えるとスポンサー確保は必要だと結衣《ゆい》は考えていた。

「結衣《ゆい》さんありがとう。嬉《うれ》しい」

リンがユニフォームを両手に結衣《ゆい》に近寄る。その顔には笑みが浮かんでいる。

「ううん、リンのおかげでもあるから。こちらこそありがとう」

その時、ナオトが口を挟む。

「リンさあ、なんか最近、結衣《ゆい》さんに対する態度が僕らと露骨に違くない？」

リンはナオトに一瞥《いちべつ》もくれずに「別に」と短く応える。

「いや、全然ちげえじゃねえか！　全く笑ってねえし！」

そんなナオトを無視してリンは結衣《ゆい》に向かって提案する。

「結衣《ゆい》さん、今日晴れてるし、お昼行こうよ」

＊＊＊

目黒川沿いを、結衣《ゆい》とリンが並んで歩いていた。結衣《ゆい》の隣では、リンがスターバックスの新作を持っている。最近たまに、こうして二人でお昼を一緒に食べることがある。誘ってくるのはリンからが多いが、「散歩するとスッキリする」とのことだった。結衣《ゆい》はリンからカップを受け取って口をつける。

「これ美味《おい》しいよ」

「あ、ほんとだ、美味《おい》しい」

「でしょ。ねえ、結衣《ゆい》さんのも頂戴」

「抹茶だけど、大丈夫？」

「あー抹茶かあ、じゃあいいや」

そう言ってリンは笑いながら歩く。

ナオトがこの前言っていた通り、リンとは随分打ち解けてきた気がする。

「そういえば、さっきやってたランクマッチの相手に魔王とユウキさんがいたよ」

「へえ、名前が出てたの？」

「ううん、出してないよ。あの人たち、普段は名前隠してやってるから」

「それなのにわかるんだ」

「そんなのちょっと対戦すればすぐわかるよ」

そこからは、リンが最近のスクリムや海外の試合で印象に残ったプレイを話し出す。

こうしてリンと話す機会が最近は多いが、話す内容はほぼ全てヴェインストライクの内容だ。

リンは感覚派かと思っていたが、意外にもチームメンバーをよく見ている。他チームの試合も見ており、その視点はユニークだ。話していて結衣《ゆい》が勉強になることも多い。

「さっきは、ありがとう」

結衣《ゆい》が、前を歩くリンの後ろ姿に向かって喋《しゃべ》りかけると、振り返ったリンが「さっきって？」と尋ねた。

「私の父の話になった時のこと」

「そんなのいいよ。あの人たち、いつも考えずに口を開くから」

「ううん。気を使われるより、あの方が気楽でいいかな」

「……そっか」

少しの沈黙が流れる。

「父がチート疑惑をかけられた大会が、父と凜《りん》……魔王との、初めての海外旅行だったの」

「そうなんだ」リンは静かに反応する。

「それが最後になるとは、あの時思ってなかったけど。あの後、母と父は離婚したから」

「魔王と結衣《ゆい》さんはどうしたの？」

「凜《りん》は大阪に残って、そこからは、会う回数も少なくなった。父のところに行くことはあったんだけど、受験の忙しさにかまけて、その後は……」

「お父さんはどうなったの？」

「眼《め》の病気で、運転中に事故で亡《な》くなった。ちょうど、凜《りん》が通信制の高校を卒業する頃だった」

「……魔王は、どうしたの？」

「父の葬儀で、プロゲーマーになるって私と母に。大阪で父と一緒にいる間、凜《りん》はずっとゲームをしていたんだと思う」

「お母さんは、何て？」

「反対していたけど、凜《りん》からすると、今更何を言ってるんだろうって思ったんじゃないかな。今思えば、母は昔から、凜《りん》を扱うのが難しいと思ってたんだと思う。言葉を選ばずに言えば、私だけで十分だと思っていたのかもしれない。凜《りん》は、学校で問題を起こしがちだったから」

「結衣《ゆい》さんは？」

「私は……凜《りん》が、羨ましかったのかもしれない」

「羨ましかった？」

「本当は私もずっと、凜《りん》みたいにゲームを仕事にしたかったんだって、今は思う。けど、気づかないようにしていた。母の期待に応えようとしていて、精一杯だったこともあると思う」

「後悔、してるの？」

「ううん、後悔はしてない。母は、きっと私がいないとだめだったと思うから。でも、多分、凜《りん》もすごく寂しかったと思う。あの子、家族以外とはちゃんと話せる相手がいなかったから。私は、そこから目を背けて逃げていたの」

リンは「そっか」と小さく言った。

そして少しだけ歩みを緩めて、話を始めた。

「前にも少し言ったけど、私さ、誰と何をやってもいつも途中からうまくいかなくなるんだ。途中で逃げ出して、それで終わり。昔からずーっと同じ」

「そうなの？」

リンは笑って、「あはは、そんな顔しないで。別にいじめられてたわけじゃないから。食堂のチビたちとは気楽に話せてたし」と言った。

「でもね、この前の魔王との試合で、結衣《ゆい》さんが私に任せてくれたでしょ？　私さ、大事な場面で、誰かからあんな風に任せてもらえたの、初めてだった。今でもあの時のこと、たまに夢に見るんだ」

「え、夢に見るほど、つらかったってこと？　ごめんね、リンに責任を背負わせちゃって」

「ううん、そうじゃないの。どう言えばいいかな……」

リンはそこで少し考えて、ぽつりと言った。

「ようやく、誰かに見つけてもらえたって思った」

「見つけて、もらえた？」

「うん。だから何が言いたいかっていうと……ん、私、何が言いたいんだろう？　なんでこんなこと急に喋《しゃべ》り始めたのかな」

リンがうんうんと唸《うな》っている様子を、結衣《ゆい》は黙って見ている。

その横顔は、凛《りん》にとてもよく似ていた。

結衣《ゆい》が黙って歩いていると、リンが思い出したように「そういえば前から気になってたんだけど」と顔を上げた。

「魔王って昔からトキシックだったの？　家でもあんな性格なの？」

唐突に尋ねられた結衣《ゆい》は苦笑する。

凛《りん》がかなりトキシックだったというのは、やはり相当有名な話のようだ。

「そうだね、現実世界でもハッキリ言う方だったけど、ゲームではもっとトキシックだったかな。私なんてプレイしている間ずっと怒られてたよ」

「あはは、そうなんだ。結衣《ゆい》さんが魔王に怒られてるって、なんか面白い」

話しているうちに、二人はオフィスに到着した。

オフィスでは、ナオトとセジュンが立って会話していた。

リンと結衣《ゆい》が帰ってきたのを見て顔を見合わせる。

「あのさ、まあ、あんまり気にしないでいいと思うんだけど」

「なに、改まって」

リンが言うとナオトがパソコンを指差す。

「リンの話がＳＮＳに広まってるみたいなんだ」

リンは「え、私の？」と言ってパソコンに近寄る。

結衣《ゆい》は不吉な予感を背中に感じつつ、リンに付いていく。

ディスプレイには、次のようなＳＮＳの投稿が表示されていた。

『急成長を遂げるエニグマ・ディビジョンの女子高生メンバー、かつてスマーフと暴言を繰り広げるグループと行動を共にしていた疑惑が浮上』

元の投稿には動画も添付されており、今はその映像が再生されている。

「これ、リンの昔の映像だよな？」

「そうだけど」

同意するリンの顔は、微妙に青ざめて見えた。

「……まあ確かにこの連中、色々とやらかしてるってことで有名だよな。スマーフやら暴言やら、捕まらなければなんでもありっていうか」

「私はそんなことしてない」

「わかってるよ。だけど、ネットは色んな奴《やつ》がいるだろ。昔関わっていた奴《やつ》らに足すくわれるって話も少なくないんだよ」

「別に、ただ一緒にプレイしてただけだよ」

「だとしても、そう受け取らない奴《やつ》もいるんだよ」

「なんでよ」

「あーもう、だからそれが有名になるってことだよ。なあ結衣《ゆい》さん、これどうする？」

結衣《ゆい》は考え込む。

ナオトが言う通り、有名になることにはこのような側面が伴う。

そして、選手も業界としても、若いeスポーツ業界ではこういったことがよくある。

「この投稿に関して言うと、リン自身が規定違反をしたという話ではないので、謝罪などはする必要がないと思います」

「まあ、それはそうだろうね。でも何も反応しないわけにはいかないだろ？」

ナオトは画面をスクロールしていく。

そこに見えるのは、大量のリプライ。

「はい、問題はこれに便乗した投稿です。元の投稿が煽動《せんどう》となって、リプライや引用で誹謗《ひぼう》中傷やそれに近い投稿があります。こういった投稿はチームとして見逃せないという態度を示しておく必要があると思います」

「訴えたりするってこと？」

「悪質な脅しなどがあればそれも手段となりますが、まずはチームとしての態度を見せるのが必要だと思います。それでもなお続くようだったら、より強い手段を検討しましょう」

「なるほどね。さすが結衣《ゆい》さん、しっかりしてるね」

感心するナオトは、黙っているリンに顔を向ける。

「ていうかリン、他に何か共有しておいた方がいいことある？」

「ないよ」

リンはナオトの方を見ずに短く返事をした。

「あのなあ、僕らは心配して言ってるんだけど」

リンは何も言わずに自分の席へと戻り、ヘッドフォンをつけてゲームをやり始めた。

ナオトは心配そうに「あいつ大丈夫かなあ」と言って頭をポリポリとかいている。

リンは一見明るく振る舞っているし、プレイスタイルも大胆だ。

だが、その中身は意外に繊細な子だということが結衣《ゆい》にはわかってきた。

プロゲーマーとは、ある種の公人とも言える存在だ。名前も顔も知らない人からの厳しい言葉に直面することも少なくない。

特に、ＳＮＳやライブ配信を通じてファンとの直接的な交流があるプロゲーマーは、従来型スポーツの選手よりも身近に感じられる。それによって、直接的な批判を受けやすい。

リンは、そうしたさまざまな言葉に耐えられるだろうか。

＊＊＊

日曜の深夜、中目黒にあるエニグマのオフィスには明かりが灯《とも》っていた。

夕方までは何人かメンバーがいたが、今残っているのはリンだけだ。

結衣《ゆい》も昼間には姿を見せたが、先に帰宅していた。

リンが泊まっているマンスリーマンションは、オフィスからほど近くにある。実家よりも格段に綺麗《きれい》だが、パソコンは置いていない。必要ならパソコンを置けるとも言われたが、オフィスに来ればできると思ったので断った。新潟でも、実家ではプレイはしなかったから同じだ。

リンは、オフィスに自分以外いないのを改めて確認すると、ブラウザを立ち上げてSNSを開いた。

予想通り、数え切れないほどのメッセージが溢《あふ》れていた。

リンは一通も読まずにブラウザを閉じた。

この前、リンに関する投稿がSNSで話題になってから、リンのアカウント宛に来るメッセージの量は一気に増えた。

多くのメッセージは好意的なものだった。

ただ、その中にはひどいメッセージも混じっていた。見たくもないような写真や動画が添付されていることもあった。

私は、何もしてないのに。

インターネットを見るのは、もううんざりだった。

頭を切り替えるため、リンはゲームを起動してランクマッチを始めた。


リンがランクマッチを開始してから、そろそろ三戦目が終わろうとしている。

今日はどうも調子が出ない。気持ちが乗らないせいかもしれない。

それでも、まずまずのパフォーマンスは出ている。

多分、今やっている対戦相手の一人はユウキだろう。リンのランク帯では、マッチする相手はほとんどトッププロだ。ユウキや魔王とは何十回もマッチしており、敵にいてもすぐ気づく。

試合が終わってスコアボードを確認すると、予想通り敵チームにユウキがいた。

次の試合へ進もうとしたその時、チームへの招待が来た。

時計を見ると、もう深夜一時を回っていた。

こんな時間に？　誰からだろう？

名前を確認すると、ユウキからの招待だった。

ランクマッチで同じチームになるのは珍しくないが、デュオの誘いはこれが初めてだ。

一瞬ためらったが、断るのもなんだかおかしい気がした。チームでは敵同士ではあるものの、ランクマッチでプロが共にプレイするのは珍しくない。

リンは恐る恐る招待を受けてみたが、ユウキからは何の音沙汰もない。

不気味な静けさの中マッチが始まる。マップは中世の町を再現したマップで、石畳の通り、木製の家屋、壮大な城が特徴だ。リンも好きなマップだった。

試合が始まるや否《いな》や、ユウキからパーティボイスで話しかけられる。

「あ、言い忘れてたけど配信中なんだよね。いいかな？　もちろん遅延つけてるから」

え？　ユウキさん、配信中？

ユウキは国内トップクラスの人気プレイヤーであると同時に、トップクラスの人気ストリーマーでもある。リンも見たことがあるが、普段の配信では千人を優に超える視聴者がいる。

それはつまり、千を超える人たちが、今リンのことを見ているということでもある。

リンは突然、身体《からだ》が硬くなるのを感じた。

ユウキの視聴者は今、何を言っているのだろうか。

一度気になってしまうと、頭から離れない。リンのスコアは伸び悩んだ。

ハーフタイムに入ると、リンは好奇心に負けてユウキの配信をスマホで覗《のぞ》いてみた。

画面にはリンのプレイへのコメントや、リンのニュースに関する言及が飛び交っていた。

『スマーフ』、『暴言』といった言葉が目に入り、リンはますます身体《からだ》が硬くなる。

そこで、スマホからユウキの大きなため息が聞こえてきた。

『あのさあ、僕の配信でくだらないこと書き込むのやめてくれないかな』

イライラが混じった声で彼は言った。

『いいか、これから一言でもコメントを書いたら永久追放だ。何を書いても永久追放。モデレーターの人もわかった？』

ユウキがそう言うと、コメントが書き込まれるたびに視聴者数が減っていった。

――本当に、コメントしただけで永久追放してるのか。

しかもその流れが面白いのか、視聴者がどんどんコメントを書き込んで、どんどんいなくなっていく。結局、もともと千人近くいた視聴者は、一瞬で数十人まで減った。

当然、配信にコメントは一切流れなくなった。

『さて、ようやく平和が訪れたな』

ユウキは満足そうに言う。

……この人、すごく変な人だけど、もしかすると悪い人ではないのかもしれない。

後半戦で、リンはようやく本来の実力を発揮できた。

ユウキとはランクマッチで味方になることもあるが、最近は敵として対峙《たいじ》することが多かった。久しぶりに味方としてプレイしてみて、ユウキのうまさを改めて認識した。

魔王ほどではないが、ユウキの射撃の精度もトップレベルだ。

それにユウキは、味方を積極的に動かして敵チームを攻略していく。

特に日本人同士でやる場合、ランクマッチで指揮を執る人間は少ない。だが、ユウキはそんなことお構いなしで味方に指示を出していく。それも、極めて的確に。

エニグマのオーダーはジンだが、ジンのスタイルはどちらかというと受け身だ。

じっくりと相手の出方を見て、そこから決めていく。

ユウキのスタイルはそれと真逆の、相手に自分たちの戦略を押し付けるやり方。

もちろんランクマッチだから完璧な統率は無理だが、キングダムでプレイする時はこれを完璧な精度でやっているのだろう。


試合が終わると、ユウキから声をかけられた。

「ありがとう、今日はこれで終わるよ」

「あ、はい、こちらこそありがとうございました」

リンが応じると、スマホで視聴していたユウキの配信はオフラインになった。

しかし、ゲーム上でのパーティはまだ解散していない。

リンが不思議に思って待っていると、ユウキが再び話し始めた。

「確かに、君は強いね。特に調子が良《い》い時の爆発力は驚異的だ」

急に褒められたリンは「ありがとうございます」と照れくさそうに応えた。

「君さ、なんでエニグマに入ったの？」

「え、それは……」

突然の質問に、リンは意図を摑《つか》みかねる。

「じゃあ質問を変えて、なんでプロゲーマーをやってるの？」

「そんな、特別な理由はないです。他の人もそうだと思いますけど……ゲームは楽しいし……。あと、結衣《ゆい》さんには感謝をしているから、恩返しをしたいなって」

「ふうん。どうすれば恩返しになるの？」

「えっと、優勝したり、キングダムに勝ったりすれば？」

「へえ。でも優勝は無理だろうね。君の存在がチームの弱点になってる」

「え？」

「今のマッチで確信したよ。最初、僕の配信を意識していただろ。プレイが明らかに固かった。動きも雑で、無駄が多い。確かに派手なプレイはするけど、逆に言うとそれに誤魔化されているだけだ」

リンが黙ってしまうと、ユウキはため息をついた。

「凜《りん》がね、あ、うちの凜《りん》の話だけど、彼女が結衣《ゆい》さんをうちのチームに招こうとしたって知ってる？」

「魔王が、結衣《ゆい》さんをスカウトしたの？　それを結衣《ゆい》さんは断ったの？」

「うん。コーチ見習いってことで誘ったらしい。でも結衣《ゆい》さんはその誘いを断って、自分の力で僕らに勝てるチームを作るって言ったらしいよ。凛《りん》はそれを後悔している。もっとしっかり誘えばよかったって思ってるんだ」

「魔王と結衣《ゆい》さん、仲が悪いのかと思ってた」

「違うさ。ただ、二人とも素直じゃないだけだ。この前だってさ、結衣《ゆい》さんは君を持ち上げてたろ。要はあれ、凛《りん》に対抗するためなんだよ」

「対抗する？」

「離れていた期間が長すぎたんだろうね。でも、知っての通り結衣《ゆい》さんは優秀な人だよ。もちろんコーチとしてもね。そんな彼女が、君が凛《りん》を超える才能だと思っているわけがない。ただの姉妹喧嘩《きょうだいげんか》の駒にされているのに、恩返しだって？　本当におめでたいな」

リンは、自分の手が震えていることに気づいた。

「そもそも、それぐらい自分で気づくべきだよね。結衣《ゆい》さんに比べて、君は何を持ってるのさ？　単に持ち上げられているだけってどうして気づかないんだ？　それにさ、今だってスキャンダルでチームのイメージを落としている。プレイの未熟さはまだしも、素行まで悪いと、結衣《ゆい》さんだって失望しているだろうね」

「そんなこと、ない」

「本当に？　それに失望したのは結衣《ゆい》さんだけじゃない。僕だって失望したよ。楽しいから？　恩返し？　他の人と同じだって？　一緒にしないでくれよ。僕らはｅスポーツのシーンを、日本を代表して戦っているんだ。そんな軽い気持ちの奴《やつ》に負けるわけにはいかないんだ」

ユウキの言葉が、次々にリンの心をえぐっていく。

「今日は一緒にプレイできてよかったよ。君がどんな選手かよくわかった。警戒する必要のない相手だってことも知れてよかった」

ユウキはそう言って、今度は本当にログアウトしていった。

深夜二時のエニグマのオフィス。

その広い空間に、リンは一人残されていた。

＊＊＊

「まあ今日の相手は勝てるっしょ」
ナオトが軽い調子で言うと、セジュンが
「お前油断しすぎだろ」
と反応するが、セジュンもそこまで緊張している感じはしない。

グループ予選、ロウアーブラケットの決勝戦が始まろうとしていた。

アッパーブラケットでキングダムに敗れたエニグマにとって、ロウアーブラケットでの敗北は、すなわち大会終了を意味する。幸い、今までのところエニグマは勝利を重ねてきた。この試合に勝てば、予選を通過してメインステージへと進むことができる。

今は、試合前のブリーフィングの時間だ。

「昨日の配信のコメントでもそんな感じだったよ。リンが破壊すれば一発だって」

ナオトがそう言って笑った時、リンが声を発した。

「私のこと、配信で話したの？」

「ん？　なんだよ、そんな顔して。別に、僕が話したわけじゃないし、悪口でもないよ」

「私のこと、配信で話すのやめてって言ったよね」

「ああ、だから、コメントがついただけで、僕が話したわけじゃないって」

ナオトが少し苛立《いらだ》ちながら言うと、リンは黙った。

ジンが咳払《せきばら》いをする。

「話を戻そう。今日は前に決めた通り、特に守りは積極的に前目で抑えよう」

「はーい」

既に気を取り直しているナオトが言うと、リンが再び声を出した。

「え、それ、いつ決めたの？」

「ん……？　ああ、そういえば、リンはいなかったか」

ジンの反応を見てリンが周囲を見渡すと、他のメンバーは互いに目を交わしている。

「……聞いてないの、私だけ？」

「いやリン、そんな大きな変更じゃねえって。たまたまお前がいない時に話したけどさ」

実際、セジュンの言う通りだった。

しかしリンは口を開かない。

結衣《ゆい》はどうするか、悩む。ここは、私がなんとかすべきかもしれない。

「リン、あのね」

結衣《ゆい》がそう言うと、

「大丈夫」

とリンが会話を遮断するように言った。

結衣《ゆい》がジンやテオの顔を見ると、彼らも何か思うところはありそうだが、頷《うなず》く。もう時間は少ない。

「……では、今日の流れを改めて共有します」

いつものようにコーチブースで一人座る結衣《ゆい》は、ヘッドフォンを装着して準備を整えた。

ふと、ゲーミングスペースから退室した際に見えたリンの表情が頭に浮かぶ。

とはいえ、もう試合が始まる。結衣《ゆい》は不安を心の奥にしまい込み、ゲームにログインする。

すると、ヘッドフォンからジンの声が聞こえた。

「いいか、これに勝ったらメインステージだ。俺たちなら勝てる相手だ。気を引き締めていこう」

選手たちが「了解」と応じる声がする。その中にはリンの声も、小さくだが混じっていた。

試合が開始すると、選手たちはそれぞれが決められたポジションへと向かう。

その動き自体に問題はないのだが、見ている結衣《ゆい》には何か違和感があった。

その感じは、ラウンド開始直前、ラウンドが始まる直前まで続いた。

ラウンド開始直前、セジュンが突然叫んだ。

「おい、リン、装備忘れてるぞ！」

「え？」

リンが反応するが、その時には既にラウンドがスタートしていた。

その瞬間、結衣《ゆい》は幼い頃の父の事件を思い出していた。

「……気にするな、切り替えていこう！」

すぐにジンが励ます声をかけた。しかし、その声にはどこか苦しい雰囲気が漂っていた。

ラウンド開始後、選手たちは事前の打ち合わせ通り、まずは相手の動きを探るために散開した。その後、一つの目標地点に集結して一斉攻撃をする流れだ。その先頭を切るのはリンだった。結衣《ゆい》は、リンのプレイを注視する。

リンは予定通りのタイミングで敵陣に飛び込んだ。

当然そこには敵が待ち構えていたが、テオやセジュンのサポートスキルのおかげで、リンが圧倒的に有利な状況にあった。リンは、無防備な敵に照準を合わせて狙い撃つ。

しかし、リンの弾は外れてしまった。

スキルの効果が解けた敵は、逆にリンを返り討ちにした。

リンが倒された後、エニグマの他のメンバーも次々と敵陣に入っていったが、あっけなく押し返されてしまう。結果的に、第一ラウンドは敵の手に渡った。

「気を取り直して次だ！」

ジンが声をかけ、選手たちは次のラウンドに挑む。

いつものリンだったら、敵を倒せていたのではないか。

そんな予感が、結衣《ゆい》の心に不安を投げかけた。


「──まあ、こんな時もあるよな」

第一マップ目を落とした後の休憩時間で、セジュンがチームを元気づけるように声をかける。

結衣《ゆい》はゲーミングスペースでその様子を見守っていた。

結局、第一マップのその後のラウンドでも、リンの状態は改善されなかった。

一見、やることはやっていた。ただ、そこにいつもの爆発的な突破力はなかった。

ヴェインストライクはチーム全体の連携力が結果に直結するゲームだ。普段通りなら十回やって十回勝てる相手にも、少しのかみ合いで容易に敗れてしまう。

「ごめん、私のせいだ」

リンが小さな声で言った。部屋に一瞬沈黙が漂うが、

「いや、お前のせいじゃないって」

と、セジュンが何でもないような調子で返す。

「それなら、誰のせいなの？」

「いや、チームプレイなんだからさ。リン、どうしたんだよお前」

「違う、ごめん」

そう言ってリンは首を振る。明らかに、様子がおかしい。結衣《ゆい》は近寄って声をかけた。

「リン、大丈夫？」

「……結衣《ゆい》さん」

リンは何かを伝えたそうに結衣《ゆい》を見る。

「どうしたの？」

「ううん、大丈夫」

リンはそれだけ言うと、視線をパソコンの画面に戻す。

セジュンやテオが結衣《ゆい》に不安げな視線を送るが、結衣《ゆい》は何をすべきかわからないままだった。

そこで運営からアナウンスが入った。

もうすぐ、次のマップが始まる。


二マップ目はあっという間にスタートした。

休憩を挟んでも、一度落ち込んだ雰囲気を取り戻すのは容易ではない。

ヴェインストライクでは、一瞬の戦闘が勝敗を左右し、集中力を常に高く保つことが求められる。さらに、自分のプレイに自信を持つことも大切だ。普段のリンはその両方を持ち合わせており、緻密なエイムと大胆な動きの絶妙なバランスを取っていた。

しかし、今日に限ってはそのどちらも欠けていた。

ジンが叫ぶ声が聞こえる。

「おい、リン！　まだだぞ！」

「ううん、大丈夫だから！」

リンは、作戦で決められたタイミングよりも早くに敵陣に到達していた。

「大丈夫って、お前、スキルもなしで」

ナオトが言うのも気にせず、リンは単独での突破を試みる。

「ああ！」

そして、やられてしまった。

明らかに、彼女は自分一人でなんとかしようとしていた。

普段通りにいかないと、なんとか打開しようと強気なプレイをしがちだ。

だが、その気負いが完全に裏目に出てしまっていた。

ゲームの流れは悪くなる一方だった。

他のチームメンバーも異変を察知し、必死にリンをフォローしようとする。だが、一人で突破しようとするリンに合わせることが難しかった。

そして、それを見逃すような相手でもなかった。

相手だって、人生を懸けてやっているプロゲーマーたちだ。

ジリジリとラウンドを奪われていき、結衣《ゆい》たちは第二マップも落とすこととなった。

それと同時に、エニグマのグループ予選敗退が決定した。

＊＊＊

昼下がり、エニグマ・オフィスの会議室にいる結衣《ゆい》は、四条《しじょう》との電話会議を行っていた。

四条《しじょう》が画面越しに話し始める。

「ステージ１は残念だったね」

「申し訳ありませんでした。ステージ2に向けて立て直していきたいと思います」

「コーチが直前に三人だか四人だかいなくなった割には、なかなか健闘したと思うよ。特に、妹さんとの試合は見応えがあったよ。試合一週間前に、私がコーチをやります！　って宣言された時は流石《さすが》に僕もびっくりしたけどさ」

四条《しじょう》がちゃんと全試合を観《み》てくれていたことが伝わってくる。四条《しじょう》は今もさまざまな企業を経営しており、多忙なはずだ。四条《しじょう》のｅスポーツに対する熱意はどこからきているのだろうか。

「ただ、最後の試合はちょっと微妙だったね。勝てる相手だと見ていただけにさ」

と四条《しじょう》が付け加える。結衣《ゆい》は頷《うなず》く。

「はい……切り替えていきたいと思います」

「あの子は大丈夫なの？」

四条《しじょう》が話題を変える。結衣《ゆい》も、そのことについて聞かれるとは思っていた。

「リンのことでしょうか？」

「そうそう。ネットの批判は見たけど、炎上ってほどではないよね。プロならあの程度は耐えないと」

「はい、私たちの方でも支えていきます」

「うん、しっかりと頼むよ。プロっていっても、年齢的にはまだ高校生なんだ。とはいえ、本当に何かあったらその時は言ってくれよ」

「何かあったらというと……」

「必要があれば選手の変更も考えるってことさ。最初にも言ったけど、今年は僕としては可能な限りのサポートをする。なんとしても次のステージ2では日本一になってほしい」

「了解しました」

結衣《ゆい》が答えると四条《しじょう》は「じゃ」と言って画面から姿を消す。

会議室に一人残された結衣《ゆい》は、今後について考える。

今はステージ間のオフシーズンだった。一年に二回行われるステージでは、それぞれの勝者が世界大会への切符を手に入れる。今年の第一ステージの勝者は予想通りキングダムで、凜《りん》たちは今、海外へ渡っている。

エニグマにとって第一ステージは、ある意味挑戦だった。もちろん良い結果が出るに越したことはないが、そこまで甘い世界ではない。

次のステージは、絶対に負けられない。

オフシーズンの今は、各チームがさまざまな動きを見せている。補強を進めるチームもあれば、戦術を見直すチームもある。エニグマも、キングダムと互角に戦えたことで可能性を示すことはできた。

だが、最終試合での敗北については評価が難しい。

結衣《ゆい》が会議室から出ると、ゲーミングスペースから声が聞こえてくる。

結衣《ゆい》がそちらに向かうと、セジュンが何やらリンに話しかけている様子だった。

「何があったんですか」

「あ、結衣《ゆい》さん。いや、なんていうか、リンのことがまた話題になってて」

「たまたま一緒になっただけだって」とリンが小さな声で反論する。

結衣《ゆい》は嫌な予感がした。「どうしたんですか？」とセジュンに事情を尋ねる。

「前に、リンが昔つるんでいた奴《やつ》らとの関係がネットで話題になっただろ。昨日、リンがまたあいつらと一緒にプレイしているってSNSで話題になってたんだよ。ほら、これスクショ」

セジュンが差し出したスマホを見ると、確かにリンの名前だった。

結衣《ゆい》はそれを見て少し考える。

リンはまだ高校生であると同時に、チームの看板を背負ったプロ選手でもある。

「リン、その人たちとはもう……」

結衣《ゆい》が言葉を選びながら話し始めた瞬間、リンが彼女を見つめ返す。その表情に、以前までの柔らかさはなかった。

「だから、たまたま一緒になっただけだよ。結衣《ゆい》さんも私のこと信頼してくれないの」

「そういうことじゃないけど」

「じゃあ、どういうこと？　そもそもあの人たちだって、確かに口は悪いし、昔は行儀の悪いともしてたけど、別に悪い奴《やつ》らじゃない。この前プレイしていた時だって別に普通だった」

「でも、それが原因でネットで色々言われてもいいの？」

「ネットで言われたって、それが何？」

「何って……それが原因でまた調子を崩したりするかも」

そこでリンの表情が急に曇る。

結衣《ゆい》もハッとする。

自らの言葉で、リンの不調を直接指摘してしまった。

「ごめんなさい、そんな風に言うつもりはなかった」

結衣《ゆい》は謝罪するが、リンはもう結衣《ゆい》の顔を見ていなかった。

「……結衣《ゆい》さんには、わからないかもしれないけどさ」

「え？」

「結衣《ゆい》さんみたいにずっとうまく生きてきた人には、私たちみたいな人間の気持ちはわからないよ」

ガツンと頭を殴られた気がした。

返す言葉を失っている結衣《ゆい》を見て、今度はリンが顔を歪《ゆが》ませる。

「ごめん、私」

リンはうつむき、そのままリュックを摑《つか》む。

「あ、おいリン！　ちょっと待てよ」

セジュンが制止する言葉も聞かずに、リンは飛び出して行った。

セジュンは頭をかきながら結衣《ゆい》を見る。

「いや、結衣《ゆい》さんが言うこともわかるよ。正直、あいつのメンタルのこと考えると、できるだけ余計なトラブルは避けた方がいいとは思うけど」

セジュンのフォローが、今の結衣《ゆい》には辛《つら》かった。

かつて凜《りん》がプロゲーマーになりたいと言った時、自分が味方になれなかったことを結衣《ゆい》は思い出した。

今、自分はあの時と同じことをしているのだろうか。

＊＊＊

翌日、リンは練習を休んだ。

初めての無断欠席だった。

結衣《ゆい》から連絡しても通じず、念のため新潟の父親にも連絡をしたが、実家にも連絡はないとのことだった。

さらに次の日、どうすべきかと思案していた結衣《ゆい》に、リンの父親から連絡が入った。

『リンがご迷惑をおかけして申し訳ありません』

父親によると、リンは前日の深夜に新潟に戻ってきたとのことだった。

「いえ、無事で何よりです。こちらこそご心配をおかけして……」

『どうも、もう辞めると言っておりまして』

「お預かりしていたのに、本当に申し訳ありません」

『いやいや、事情はなんとなくわかります』

「私が悪いんです。リンを責めるようなことを言ってしまったせいで」

『西川《にしかわ》さんがリンを思ってくださっているのはわかっています。あの子は、親しい人ほどどこうなってしまうんです』

「親しい人ほど、ですか？」

『はい、学校の頃にも似たようなことがありました。よくしてくれた先生や友達を、ふとしたきっかけで信じられなくなってしまうようです』

「食堂でも、同じだったのでしょうか？」

『あそこはリンより年下の子ばかりで、それが良かったのだと思います。心を許せる、対等な人付き合いが苦手なのかもしれません』

リンから、学校でうまくいかなかったとは聞いていたが、これほど具体的には聞いたことがなかった。リンの父親は言葉を続ける。

『幼い頃に母親が家を出て行ってしまったことも、影響しているのかもしれません。私が不甲《ふ》斐《が》《い》なかったのが原因なのに、当時のリンは、自分にも責任があると思っていたようです。ただわかってやってほしいのですが、根は素直で優しい子なんです』

「はい、わかっています」

『リンと電話すると、あの子が話すのはいつも西川《にしかわ》さんのことばかりでした』

「私のことを、ですか？」

『あんなに頭が良《い》い人と出会ったのは初めてだと、よく言っていました。あの子が、年齢が近い友達や年上の大人について、そんな風に話したことはこれまで一度もなかったんです。本当に心から尊敬していたんだと思います』

「リンが、そんなことを……」

『ご迷惑をおかけしており本当に申し訳ありませんが、どうかあの子にしばらく時間を与えていただけませんか。あの子も、いつかはこのようなことを乗り越える必要があると思います』

小さい頃に、家族と離れ離れになっているという意味では、リンと凜《りん》はよく似ている。

だが凜《りん》には、父やユウキなどの、ゲームに理解がある人間が身近にいた。

今のリンには、私たちしかいないのに。

通話を終えた結衣《ゆい》は、ゲーミングスペースに集まっているメンバーたちに状況を伝えた。

彼らもなんとなく事情を察していたようで、反応は冷静だった。

「結衣《ゆい》さんが気に病む必要ないよ。僕らだってこういうの初めてじゃないしさ。でも、もうリンは戻ってこないのかな」

ナオトが言うと、セジュンが「戻ってきにくいだろ、この状況で」と言った。

「だよなあ。結衣《ゆい》さん、どうするの？　次のシーズン始まる前にあと一人見つけないと」

メンバーの反応は一見ドライに見えるが、彼らもプロとしての道を選んだ人間だ。

その厳しさと辛《つら》さを、誰よりも知っている。

追わないことが、彼らなりの優しさなのかもしれない。

「……リンが戻ってこない場合、ステージ2に向けて新しいメンバーを探さないといけません。これから候補者をリストアップして、声をかけていきます。皆さんにもトライアウトにご協力いただきたいです」

選手たちは頷《うなず》くと、再びトレーニングに戻っていった。

ゲーミングスペースでは、各選手が個人練習を行っている。

結衣《ゆい》は一つだけ空いている席に近づき、そこに残されたマウスを手に取った。マウスのソールはボロボロになっており、下に敷かれているマウスパッドもロゴが削れて見えなくなっていた。

机の周りを見ると、ゴミで散らかっている。結衣《ゆい》は以前からリンに机まわりをきれいにするよう注意していたが、リンはそれをいつも無視していた。

結衣《ゆい》が机の下を覗《のぞ》き見ると、そこにもゴミが大量に放り込まれていた。

ほとんどが、使い古したマウスパッドだった。どれもボロボロで、ロゴが完全に消えていた。

「この短期間でよくそれだけ潰したよな。朝から夜までずっとやってないと無理だな」

リンの右隣に座るテオが、古びたマウスパッドを持っている結衣《ゆい》を見て言った。

「別に俺だって、あいつがサボってたって思ってるわけじゃねえよ。けど、仕方ねえだろ」

リンの左隣に座っているセジュンがそう応じた。

結衣《ゆい》がセジュンの机の下を見ると、そこにもマウスパッドがたくさん押し込まれていた。


リンの机の下を整理した結衣《ゆい》は、次は机の上へと目を向けた。

机の下に負けじと、ここもゴミだらけだった。

ふとそこで、モニターのすぐ下にある物体に目がいった。

それは、結衣《ゆい》がプレゼントしたヴェインストライクのキャラクターフィギュアだった。

リンはそれを、プレイ中いつも見える位置に置いていた。

＊＊＊

リンが実家に帰った数日後の昼間、結衣《ゆい》はオフィスで一人、作業をしていた。

今はチームでの練習がないため、選手たちがオフィスに来ることは少ない。

一方で、結衣《ゆい》は新たなメンバー探しに追われていた。

知り合いの伝手《つて》など、使えるものを全て使って、チームを探している有望な選手がいないかをリサーチしていた。リンのように、急遽《きゅうきょ》チームを離れる選手が出ることも稀《まれ》にある。

しかし、目立った選手はまだ見つかっていない。

一息ついて、結衣《ゆい》は息抜きにニュースサイトを閲覧する。

最近ではeスポーツ関連の記事が一般ニュースでも取り上げられることが増えてきていた。良くも悪くも、この業界への関心が高まっている証拠だ。ニュースサイトを一通り見た後、結衣《ゆい》はチームのSNSアカウントを開いた。

タイムラインのトップに、ヴェインストライクの公式アカウントからの投稿があった。

ものすごい勢いで拡散されているようだが、随分と長文だ。

結衣《ゆい》はその投稿を読み進めるうちに、背筋に冷たい汗が流れるのを感じた。

その日、久しぶりにオフィスに選手全員が集まっていた。セジュンとナオトはソファに座り、ジンとテオは壁にもたれかかっていた。夕方のニュースがテレビで流れており、選手たちは画面に映るテロップをじっと見つめていた。

『eスポーツ界に衝撃。世界大会出場チームが経営破綻。背後には過剰投資と脆弱《ぜいじゃく》な経営体制が。他の有力チームも財政難の噂《うわさ》。既に選手たちから給与未払いを理由に離脱の声』

トップチームが、経営破綻する事態に陥っていた。今回破綻したチームは、キングダムに続く、国内二番手のチームで、世界大会にも出場経験があった。

凛《りん》が所属しているキングダム・eスポーツにも、経営不安の噂《うわさ》があるらしい。キングダムのオーナーには元から健康不安の噂《うわさ》もあっただけに、問題の深刻さが改めて浮かび上がる。

「なあこれ、どうなるの？　ステージ2開催されるよな？」

ソファに座るナオトが、不安げに結衣《ゆい》を見てきた。

「流石《さすが》に、そこは大丈夫だと思います。ただ、規模が縮小される可能性はあるかもしれません」

「まじかよ」

「でも、それ以上に大きな問題は……業界ぐるみで評判に傷がついてしまう可能性です」

ジンが「各チーム、スポンサーの再編成は避けられないだろうな。それに、プロゲーマーに対して良《い》い印象を持ってなかった奴《やつ》らからしたら最高の攻撃材料だ」と言った。

「あーもう、なんでこんなトラブルばっか続くんだよ」

セジュンがそう言って頭を抱えた。

＊＊＊

昼過ぎのエニグマの会議室。そこに、結衣《ゆい》は一人で座っていた。

今日は珍しく、四条《しじょう》から電話会議を設定されていた。

開始時間を少し過ぎて、四条《しじょう》がログインしてきた。

「遅れてすまないね」

「新メンバーの件ですよね。まだ候補者を選定中の段階で……」

「あぁ、それなんだけどさ、実は他のチームから提携のオファーがあるんだよ」

予想だにしていない内容だった。

「提携って、どこのチームからですか？」

「それが、キングダムからなんだよね」

出てきたのは、最も意外なチーム名だった。

「……チームメンバーはどうなるんですか」

結衣《ゆい》は最も気になった部分を質問する。四条《しじょう》は少し言いにくそうに答える。

「もともとオーナーは知り合いだったんだけどさ。まあ、悪い人じゃないよ」

「四条《しじょう》さん」

話を逸《そ》らす四条《しじょう》を結衣《ゆい》は問い詰める。

「そう急《せ》かさないでくれよ。提案としては、ブランド名は両チームとも残して、競技に出場するチームを一つに絞ろうって言われている。キングダムは君の妹とユウキを中心にチームを再編するつもりらしい。今回の騒動で各チームから放出された選手を補充する方向で話が進んでいる。ただ、キングダムには財政の問題がある。僕たちとは逆でね。うちには、僕の自腹である程度資金の余裕がある一方で、ブランド力が足りない。客観的に見て、キングダムとの提携は悪くない提案だと思う」

「チームメンバーは、キングダムのメンバーがメインになるんですか」

結衣《ゆい》が再び確認する。

四条《しじょう》は頷《うなず》きながら、

「君をヘッドコーチとして採用したいと言ってくれている。妹さんとも、一緒に働けるチャンスだよ」

と言ったが、結衣《ゆい》の質問には直接答えていない。

「今のエニグマのメンバーはどうなるんですか」

「……君も知っての通り、一つの組織が二つのチームを運営することはルール上できない。もちろん、彼らをすぐにクビにするつもりはない。ストリーマーとして残る選択肢を提示しようと思ってるよ。僕としてもストリーマー部門を持ちたいとは思っていたんだ。ただ、それが嫌だとしたら、フリーエージェントだ。今までもそうだけど、うちのチームから移るのに移籍費用を要求するつもりはないよ」

「それって、実質的にクビと同じですよね」

「そう取られても仕方ないかもしれないね。ただ、彼らもそれは覚悟していたはずだ」

「彼らには実力があるんです」

「それは知ってるよ。だからこそ、彼ら自身で新しい道を見つけることもできるだろう。もし彼らに本当に実力があれば、また這《は》い上がってくる。ここで情けをかけるのが彼らにとって良いことだとは僕は思わない」

四条《しじょう》は続ける。

「僕はこの提携は、日本のeスポーツシーン全体を考えてもプラスになると考えてる。今日本の競技シーンは盛り上がっているけど、それは強いチームがいるからだ。その力が落ちれば、簡単に熱は冷める。君も、妹さんと一緒にやるのを望んでたんじゃないのかい。単に姉だから雇うなんて、そんな甘い考えが通る世界じゃないのは知ってるだろう。コーチとしての力量が認められたんだ、誇っていいことだよ。とにかく、僕としてはこのオファーを受けるつもりでいるけど、君の意思も尊重したい。できる限り早く考えを聞かせてほしい」

画面が暗転して、四条《しじょう》の姿が消える。

会議室に一人残った結衣《ゆい》は、突然の提案に思いを巡らせていた。

会議室のドアを開けると、オフィスに集まって話をしていたエニグマのメンバーたちが結衣《ゆい》を振り返る。

「結衣《ゆい》さん、四条《しじょう》さんと話してたんだろ？」

ソファに座っているナオトが早速尋ねてくる。

「はい、そうですけど」

「チームの将来についてとか？」

「えっと、その……」

「やっぱりそういう話かあ。まあ、実際今って四条《しじょう》さんや結衣《ゆい》さんからしたらチャンスだよな。キングダムからはまだ何の発表も出てないけど、他のチームは結構いい補強してるよね。セジュン、このチームからの誘い来た？」

ナオトは隣に座るセジュンにスマホを見せて、強豪チームからの誘いがあったか尋ねた。

「なんだようるせえな、来てねえよ。俺のポジションはさっさと埋まってたよ。ジンさんはオーダーでオファーが来ててもおかしくないなとは思ってたけど」

ジンが「実は知り合いを通じて選手募集の話はあったよ」と応える。

「え、そうなんですか」

と結衣《ゆい》が驚くと、ジンが「いや、あくまでも非公式な声掛けですよ。もちろんちゃんと話があれば結衣《ゆい》さんにも言うつもりでした」と慌てて言う。やりとりを聞いていたセジュンが横から入ってくる。

「マジで？ てことは落ちたの？」

「いやトライアウトまでしてないから、落とされたわけじゃない」

「でも連絡こなくなったなら落ちたんじゃん」

「自分で言うのもあれだけど、実力的には悪くなかった。でも他の奴《やつ》が取られた」

ジンが実際に採用された選手の名前を言うと、ナオトが
「まあジンさんと比べたら確かにそいつの方が若いし華もあるし、妥当だな」

と言った。ジンは「うるせえ」とナオトをにらむ。

「でも結衣《ゆい》さんこれからどうすんの？ 四条《しじょう》さんからもプレッシャーかけられてるんだろ。新しく選手を入れるなら早く準備しないといけないし」

ナオトが結衣《ゆい》を見るが、結衣《ゆい》からは具体的な方針を言えない。ナオトは肩をすくめる。

「とりあえず最悪の事態も考えておくよ。僕らが入れ替え対象になる可能性があるってことぐらいはわかるさ」

そのナオトの発言にセジュンが「今からチーム探すのめんどくせえなあ。ジンさんどっか探

してきてよ」と言う。

「バカ言うなよ、俺だって必死だ。今年が最後のチャンスかもしれないんだ」

「あーあ、せっかく僕らいい感じだったのになあ。リンとも連絡取れないし、あいつ今頃何やってんだろうね」

結衣《ゆい》は、大丈夫です、ぐらいの言葉は言いたかった。

だが、具体案があるわけではない今、何を言っても安心材料にならない。

結衣《ゆい》はふと、昔、家族がばらばらになった時のことを思い出す。

父と凜《りん》が離れていくのを、ただ見ているしかなかったあの時の感情が、まるで時を経て再び彼女を襲っていた。


結衣《ゆい》はその日、早く自宅に戻ることにした。

しかし、夜になっても彼女の頭の中は整理されなかった。

気分転換に、試合を観《み》ることにした。今日は、凜《りん》たちが出場している世界大会のグループ予選があるはずだった。おそらく問題なく勝利しているだろう。

だが、画面に映し出された結果は想定外だった。

凜《りん》のチームが、初戦で敗れていた。確かに世界大会は強豪チーム揃《ぞろ》いではある。だが、昨年の大会で優勝目前まで進んだキングダムが初戦で負けるというのは意外だった。

何があったのだろう。

詳細を知りたくなった結衣《ゆい》は試合動画を再生する。本来であれば、四条《しじょう》の提案について考えるべきだ。だが、結衣《ゆい》は凜《りん》たちの試合に目が離せなくなる。


結局、倍速で全部見てしまった。

確かに相手も強いチームだが、キングダムを圧倒するほどではないと結衣《ゆい》は感じた。

それにもかかわらずキングダムが敗れたのは、凜《りん》のパフォーマンスが悪かったからだ。

去年の世界大会で圧倒的なパフォーマンスを披露し、世界有数の選手とも評された凜《りん》が、この試合では全く精彩を欠いていた。特に、その精密射撃が完全に影を潜めている。そのせいで他のメンバーにも負担がかかっていた。

思えば、グループ予選でエニグマと試合をしていた時も、選手たちは第三マップにおける凜《りん》のパフォーマンス低下を指摘していた。

今日の凜《りん》のパフォーマンスは、あの時以上に劣っていた。

その時、新しい投稿がSNSのタイムラインに現れた。

投稿者は凜《りん》のチームの公式アカウント。一気に拡散されている。

内容を読むと、凜《りん》の活動休止が発表されていた。

＊＊＊

結衣《ゆい》はベッドに腰掛け、スマホを耳にあてていた。

『――お姉ちゃん？』

凛《りん》の声が聞こえてきた。その声には、微《かす》かながら驚きの感情が含まれていた。

「凛《りん》、今、大丈夫？」

『うん、どうかしたの？』

「あ、その、今ニュースで」

『ああ、眼《め》のこと？』

焦《あせ》っている結衣《ゆい》と対照的に、凛《りん》はなんでもないことのように答える。

「……うん、大丈夫なの？」

『お医者さんからは、まだ初期段階だから治療すれば元に戻るって。ステージ2には間に合うと思うって言われてる』

凛《りん》の言葉を聞いて、結衣《ゆい》は胸をなで下ろす。

「そっか……なら、良かった。お父さんと同じ病気だよね」

『そうだね。お父さんは放っておいて悪化させたけど、私は気をつけようと思う。お姉ちゃんも、変だと感じたら病院で検査した方がいいよ』

結衣《ゆい》も自分なりに調べた結果、この病気は遺伝が関係しているようだった。

しばしの沈黙が続く。

『……それが、電話の理由？』

「え、ああ、うん。そうだけど」

『ありがとう』

最後に凜《りん》と話したのは、リンとのインタビューの時だ。

あの時に比べると、凜《りん》の口調は随分と穏やかだ。

試合で正確無比なプレイをし、魔王と呼ばれている人間と同一人物とは思えなかった。

「……あの、さ。凜《りん》にはこれまで他のチームのオファーってなかったの？」

結衣《ゆい》からの突然の質問に、凜《りん》が一瞬戸惑う気配がする。

『あったよ。国内だけじゃなく、海外からも』

「もっと良《い》い条件のところも？」

『むしろ今よりも悪い条件をもらったことがないかも』

「前に話した時にちゃんと聞けなかったけど、どうして、凜《りん》は今のチームに残ってるの？」

『私を見つけてくれたし、守ってくれたから』

見つけてくれた。リンと、同じだ。

「守ってくれたって？」

『たとえば、女だからって色々言われることもあった。チートだとか不正だとか、お父さんのことを持ち出してくる人もいた。お姉ちゃんも大学や会社でそういう経験があったかもしれないけど、昔のeスポーツ業界って、そういうの多かったんだ。でも、今のチームは私を信じて守ってくれたから』

凜《りん》にはそこまでの気持ちがあったのに、私は前に凜《りん》と会った時、その場所を否定してしまった。自分は、何も理解できていなかった。

「凜《りん》さ、子供の頃、お父さんや私と一緒にゲームしていたことって覚えてる？」

結衣《ゆい》はまたしても唐突な質問をしてしまう。

さっきからずっと、何の話をしているのかと思われているだろう。

少しの間をおいて、凜《りん》は話し始めた。

『うん、楽しかった。お姉ちゃんと離れてからも、また、お父さんと、お母さんと、お姉ちゃんで、あの頃みたいに戻れたらって、ずっと思ってた』

そうだ。結衣《ゆい》にはそれがわかっていた。

これまでずっと、知らないふりをしてきた。

でも、今更謝っても何も元には戻らない。

「私、凜《りん》が羨ましかった」

結衣《ゆい》は静かにつぶやいた。凛《りん》からは返事がない。

「自分が本当にやりたいことをやっていて、信頼できる仲間もいて」

自分には、そのどちらもなかった。

結衣《ゆい》が黙っていると、凛《りん》が言葉をつなぐ。

『私はずっと、お姉ちゃんには敵《かな》わないって思ってたよ。お母さんがお姉ちゃんを選んだのもわかる』

「私は良《い》い子を演じるのが得意だっただけ。だから、今だって空っぽだよ」

『空っぽって、本当にそう思ってるの？』

「え？」

『お姉ちゃんは、自分で気づいていないかもしれないけど、いつも自分以外の人のために動くんだよ。昔から全然変わらない。私は自分だけでせいいっぱい。お姉ちゃんは、お姉ちゃんが思うほど一人じゃないよ』

「私こそ、自分のことだけで」

『お母さんを支えたのもお姉ちゃんでしょ。お母さんが大変だって、私も知ってた。でも、自分には何もできないし、いない方がいいって思ってた。でも、お姉ちゃんは家の手伝いをして、勉強を頑張って良《い》い大学に入ったよね。今だって、お姉ちゃんが見つけた選手たちのために、頑張ろうとしている。いつも、自分より他人を優先してきた。ゲームを頑張ることしかできな

い私は、ずっと、お姉ちゃんがすごいと思ってたよ』

結衣《ゆい》はメンバーの顔を思い浮かべる。

セジュン、テオ、ナオト、ジン。そしてリン。

「……凜《りん》、以前、私にチームに入らないかって声をかけてくれたよね」

『うん』

「あれね、ちょっとだけ嬉《うれ》しかった」

『うん』

「でも、それ以上にすごく悔しかった。どうしてこんなに距離ができたんだろうって」

『うん』

「私は凜《りん》に、みんなで勝ちたい」

『……うん』

「だから、待ってて」

『うん』

凜《りん》が短く返事をするのを聞き、結衣《ゆい》は電話を切った。

私がエニグマの選手を見つけた、と凜《りん》は言った。

結衣《ゆい》は、それは違うと思った。彼らが、私を見つけてくれたのだ。

結衣《ゆい》は決心し、四条《しじょう》にメッセージを送った。

＊＊＊

画面越しに四条《しじょう》の姿が映る。左手にはマグカップを持っている。

「それで、結論は出た？」

会議室にいる結衣《ゆい》は小さく頷《うなず》いて応える。

「四条《しじょう》さんの言う通り、エニグマにとってキングダムとの提携の話は魅力的だと思います」

「そう言ってくれると思っていたよ」

「業界にとっても、キングダムに四条《しじょう》さんの資本力が加わるのは良《い》いことだと思います」

四条《しじょう》は「うんうん」と満足気に頷《うなず》きながらマグカップに口をつける。

「なので、私は新しく会社を作ることにします」

その瞬間、何かが飛び散る音が聞こえた。

吹き出したコーヒーで口の周りを汚した四条《しじょう》が尋ねる。

「え、ちょっと何いきなり」

「四条《しじょう》さん、今までありがとうございました。このような形になってしまい申し訳ないです」

四条《しじょう》は数秒間、ぽかんと口を開いていた。その口の周りはコーヒーで汚れている。

ティッシュで顔を拭いながら、四条《しじょう》が喋《しゃべ》り出した。

「それ本気？　それとも脅し？」

「本気です」

四条《しじょう》は大きなため息をつき、少し考えた後に言葉を続ける。

「君のキャリアにとってそれが最適だとは思わないけど」

「自分の気持ちにとってはこれが最適です」

四条《しじょう》は首を横に振る。

結衣《ゆい》が説得されることはないと悟ったようだ。

「選手は？　オフィスはどうするつもりなの？」

「今のエニグマの選手に声をかける予定です。オフィスは……これから探します」

「そんなところだと思ったよ。オフィスは知り合いを紹介するよ」

「え、そんな」

四条《しじょう》の眼差《まなざ》しは厳しい。

「勘違いしないでくれよ。メンツを潰されたのは確かなんだ。けれど、これまでの貢献には感謝してる。最後に一回、紹介するだけだ」

「……ありがとうございます」

結衣《ゆい》は深く頭を下げた。

頭を上げると、ふと、四条《しじょう》の眼差《まなざ》しが少し緩んでいることに気づく。

「ていうか、君ってそんなキャラだったっけ」

「いえ、こんなキャラじゃなかったと思います」

「前よりもだいぶ面倒な人間になったね。まあ、それでいいのかもしれない。じゃあまたね」

そして四条《しじょう》の姿は画面から消えた。

＊＊＊

「企業設立ってこんなに簡単にできるんですね」

ジンが感心したように言う。

「知り合いの弁護士資格持ちに助けてもらいました」と結衣《ゆい》が言うと、

「さすが東大卒」とテオが茶化す。

「今はただの限界企業の社長ですけどね」

「限界企業って。俺らは限界チームかよ。そういやチーム名決まったの？」とセジュンが横から言う。

結衣《ゆい》は、そういえばまだ新しい名前のアイデアを共有していなかったと思った。

結衣《ゆい》は一同を見渡す。

「レイナス・eスポーツという名前にしようと思います」

「レイナス？　それってどういう意味？」とナオトが尋ねる。

「スペイン語で『女王たち』、という意味らしいです」

「なるほど。女王たちのeスポーツチームですか。確かに、キングダムがあるんだから、女王のチームがあってもいいですね」

「まあ社長も女だしな。けど、女王たち、ね」

セジュンが何かを言おうとして、場に沈黙が落ちた。

「ていうか結衣《ゆい》さんのこと、これからは社長って呼ばなきゃダメなのかな」

雰囲気を変えようとしたのか、ナオトが明るい口調で言った。

「いえいえ、社長はやめてください」結衣《ゆい》は苦笑して答える。

今結衣《ゆい》たちがいるのは、本郷三丁目駅からほど近くにあるオフィスビル内の一室にある、レンタルブートキャンプスペースだ。

ブートキャンプを行うには、電源の確保や使用時間の制限など、通常の会議室では難しいことが多い。海外にはこのような施設が多く存在するが、国内ではまだ少ない。四条《しじょう》から紹介された企業がちょうどレンタルブートキャンプ事業を始めようとしており、結衣《ゆい》たちはかなりの割引を受けて、トライアル価格で施設を利用することができた。

とはいえ、前の中目黒のオフィスと比べると大分設備の質は落ちる。

それでも選手たちは文句も言わずに活動をしてくれている。

そもそも、自分を信じて付いてきてくれただけでもありがたい。

「それよりも、昨日のトライアウトの方はどう思いましたか？」

ジンが「悪くないんですけどね」と答えると、セジュンが「イマイチだろ」と即座に反応する。

結衣《ゆい》は再び苦笑する。

「またですか」

「いやー、ダメでしょ。今レンタルで来てもらってる人の方がよっぽどいいよ」

万が一に備えて、結衣《ゆい》たちは他チームのアカデミーの選手を一時的にレンタルさせてもらっていた。一応スクリムも一緒にしていて、ある程度の成績は残せている。

だが、これでは強豪チームには勝てない。

早急に、最後の一人を補強する必要があった。

そのために結衣《ゆい》たちは現在、最後の選手を決めるためのトライアウトを進めていた。

だが、多数の応募があったにもかかわらず、決め手に欠けていた。

「結衣《ゆい》さん、これいつまでに決めなくちゃいけないんでしたっけ」

ジンが不安げに尋ねる。

「できれば、今週中には決めたいです」

「となると明日までですね……今の応募者の中から選ぶしかないか」

そこでセジュンが「もうさ、野良で候補者見つけるとかどうよ？」と言ってゲーム中のナオトの画面を指さす。「結衣《ゆい》さんがリン見つけたのだって野良《のら》だったわけじゃん。ならもう一回同じことするとか」

野良《のら》で見つけるとは、要するにランクマッチで遭遇した強いプレイヤーをチームに勧誘するという意味だ。

「たとえばナオトとマッチしてる奴《やつ》らって、確実に国内トップレベルだろ。その中から探すってのは？　これ名案じゃね？」

セジュンの提案が聞こえていたのか、ナオトがゲーム画面を見ながら「そんなの無理無理」と口を挟んだ。

「このランク帯だとプロチームに所属してる奴《やつ》らしかいねーよ」

「なんだよ、聞いてみないとわかんねえじゃん。たとえばこいつは？　名前隠してるし、喋《しゃべ》ってないからどんな奴《やつ》かわかんないけど、回線速度見ると日本からっぽいぜ」とセジュンが言うが、ナオトは再び「ボイスチャットつけない奴《やつ》なんてダメだろ」と言う。

そこでテオが、

「こいつ、かなり強いな」

とつぶやく。

「お！　じゃあナオト、次のラウンドわざと早めに死んでよ。もう少しちゃんとプレイ見てみたいから」

セジュンの提案に「え、やだよ」とナオトは心底嫌そうな顔をするが、「いや頼むよ、次だけでいいから次だけで」とセジュンが手を合わせる。

次のラウンド、ナオトはぶつぶつ言いながらもセジュンの依頼通りに敵陣に突っ込み、すぐにやられた。

そして視点を、注目しているプレイヤーに合わせる。

「確かに、めちゃくちゃエイム良《い》いな。うぉ、また一タップ⁉」

横からセジュンが言うと、ジンが頷《うなず》く。

「ああ。それに判断も速い。でも、なんていうか少し変わったプレイスタイルだな」

「どうせどこかのチームに所属してるプロでしょ」

ナオトは相変わらず期待していない。

ちょうどラストラウンドだった。そろそろゲームが終わる。

「ねえ、結衣《ゆい》さんはどう思う？」

ナオトが結衣《ゆい》に話しかけるが、結衣《ゆい》は何も答えない。

ナオトが「おーい、結衣《ゆい》さん？」と声をかけてくるが、結衣《ゆい》は、そのプレイヤーから目が離せなかった。

「おおすげえ、こいつ全員倒しちゃったよ。ていうかスコアやばくね？」

ラストラウンドが終わり、試合が終了した。

結衣《ゆい》はそのプレイヤーの視点を見ていて、確信したことがあった。

「ナオトさん、この人にフレンド申請出してもらってもいいですか」

「え、いいけど、マジで勧誘するの？」

「これは、リンです」

結衣《ゆい》が言うと、一瞬沈黙が落ちる。ナオトが
「え？　マジで？」

と言って他のメンバーを見ると、テオがつぶやく。

「いや……言われてみると、変なリズムのタップ撃ちも、視点を突然振るクセも、リンそっくりだ」

「本当かよ？　まあ、一応申請出してみるか。別人だったら断られるだろ」

ナオトがフレンド申請を出すと、すぐに承認された。

「ナオトさん、そのままパーティーに招待してもらっていいですか？」

「うん、出したよ。あ、こっちもすぐ承認された。……てことは、こいつ本当にリン？」

「ありがとうございます。あとは私が話します」

結衣《ゆい》はナオトに代わって席に座る。

結衣《ゆい》は静かに息を吸い、ゆっくりと話し始めた。

「リンだよね？」

反応はない。

だが、間違いなく、これはリンだ。あんなプレイができる人を、私は他に知らない。

結衣《ゆい》は、後ろからメンバーたちが見守っているのを感じる。

「リンがいなくなってから、本当に色々あったんだ。業界に問題が起きて、私は新しいチームを作って。でも、みんなのおかげで、なんとか前と同じようにチームを続けられてる。前より全然お金はないけどね。そうだ、私、社長になったんだよ。全然、実感は湧かないけど」

結衣《ゆい》はそう言って笑うと、少し間を置いて続ける。

「今はね、次のグループステージに向けて皆で頑張ってるところ。他のチームのアカデミーの子を貸してもらったりして、色んな人から助けてもらってる。四条《しじょう》さんも、あれだけ失礼なことをしたのに色んなことを助けてくれた。でもやっぱり忙しくて、私は毎日、作戦を考えて、試合の動画を見て、スクリムのフィードバックをして。他にも会社のことをしてたら、あっという間に一日が終わってる」

結衣《ゆい》はそこで一旦言葉を止める。

リンは今、新潟で何をしているのだろう。

誰といるのだろう。

「私、リンのことをちゃんと理解してなかった。リンのことを、信頼してあげられなくて、本当にごめんなさい。自分のことで手一杯で、リンが悩んでいたことにも向き合えていなかった。ずっと言えなかったけど、私ね、前の仕事ですごく大きな失敗をしたんだ。eスポーツに可能性を感じたから来たなんて、全部嘘《うそ》なの。本当は、居場所がなくなって逃げてきたんだ。転職にも失敗して、どこにも行く所がなくて、それでたまたま四条《しじょう》さんに会って。それもね、私がすごいからじゃなくて、私のお父さんや妹が有名だからなの。何にも残せなくて、何もなくて、逃げてきた先でも皆と違って自分ではゲームができなくて」

深く息を吐いて、結衣《ゆい》は言葉を再び続ける。

「けどね、リンや皆のおかげで私、だんだんコーチとしても成長してきた気がするんだ。チームメンバー一人ひとりの得意を活《い》かせるようになってきたと思う。ようやく、私にも居場所ができたんだって、そう心から思えるようになった」

選手たちは、トライアウトをしている選手に不満を言っていた。

それを私は、苦笑いしながら聞いていた。

だけど本当は、私も同じことを思っていた。

「最近朝起きるとさ、良《い》い作戦が思い浮かぶことが多いの。夜に家でシャワーを浴びている時もそう。夜っていってもほとんど朝だけど」

そう言って結衣《ゆい》はふふっと笑う。

「でもさ、そういう時に浮かぶ作戦にはね、必ずいつもリンがいるの。リンがいないと、できないことばかりなんだよ。他の誰にも、リンみたいなプレイはできないんだよ」

結衣《ゆい》にはもう、涙でモニターが見えなかった。

「お願い、戻ってきて。また一緒にやりたい」

ヘッドフォン越しには静寂が続いていたが、突然、プレイヤーがパーティーから退出する音が鳴った。結衣《ゆい》が手の甲で涙を拭いて画面を見ると、招待したプレイヤーの名前はもう表示されていなかった。

結衣《ゆい》は天井を見上げた。

どうか、この言葉が届いていますように。

＊＊＊

新潟の子ども食堂には、明るい声が響き渡っていた。

食堂の一角にぽつんと置かれているパソコンの前に座り、段ボール箱に頭をくっつけて鼻をすすっている少女が一人。

その背後には小さな子供たちが集まって、少女のことを眺めている。

「ねーリンちゃん、なんで泣いてるの？」

「うわー鼻水きったねー」

リンの背後から、子供たちの声が聞こえてくる。

結衣《ゆい》からのメッセージを聞いても、リンは何も言えなかった。

チームの現状は知っていた。エニグマから独立したのは驚いたし、力になりたいと強く思った。でも、逃げてきた自分に、今さら戻る資格があるとは思えなかった。

それでも、結衣《ゆい》から必要とされたことがリンの心を動かした。

「ああーもうどうすればいいの！」

リンは叫びながらキーボードの上に突っ伏す。

「リンちゃん、なんか東京行ってからおかしくなった？」

「前からこんなもんだろ。よくゲームに負けて泣いてたし」

「ねえリン、フレンド申請来てるよ」

フレンド申請だって？

そんなのどうでもいい。

どうせまたランクマッチで一緒だった海外の人からだろう。

私はもう、どこのチームにも入らずに一人でやっていくって決めたんだ。

「あ！　これ、魔王じゃん！」

ガバッとリンが顔を上げた。

画面に表示されている名前を見て、一気に涙が引いた。ランクはレジェンド。偽名じゃない。

本当に、本物の魔王のアカウントだ。

どうして魔王が自分のサブアカウントを知っているのだろう？

ていうかこのタイミング？　どうして？　結衣《ゆい》さんから何か聞いた？

混乱した頭のままフレンド申請を承諾したら、すぐさまパーティーへの招待が来た。そして、そのまま魔王とのランクマッチがすぐに開始される。

フレンド申請からこれまで、魔王は一言も発していない。

キャラクターの選択画面になった。魔王もリンも、最前線を張るアタッカーが本職だ。魔王がアタッカーを選ぶなら、リンは譲るつもりだった。しかし、魔王は選ばず、まるでリンにその役割を任せるかのようだった。

リンはそろそろと手を動かして、自分がよく使っているキャラクターを選択した。

・

——やっぱり魔王はすごい。

自分のメインロールではないキャラクターを選んでいるにもかかわらず、魔王のプレイは完璧だった。リンとの連携も、即興でスムーズにこなす。なんでも完璧にこなせるからこその、魔王なのだろう。結局、試合は圧倒的な勝利で終わった。

現在画面に映っているのは、試合後の待機画面だ。

魔王からは何の反応もない。

もう一試合やるのか？
それともこれで終わり？
ていうか、そもそも何で突然誘ってきたの？
リンが困惑していると、魔王からチャットでメッセージが届いた。
なんで、ボイスじゃなくてチャット？
リンは疑問を感じつつチャット欄を開く。
『あなたは私よりも下手なところがたくさんある』
『波がある』
『ミスも多い』
『チームプレイが下手』
『無駄な動きが多い』
『口が悪い』
……なんだろう、これは。
ひたすら悪口を言われている気がする。
それに、口が悪いのはそっちも同じではないか。
魔王ってこんな人なの？
チャットが一時停止すると、リンはどう返信したものかと迷う。

言い返すのも、なんだか違う気がする。

魔王は何か、私に違うことを伝えようとしている。そんな気がしたからだ。

リンが黙っていると、再びチャットメッセージが届いた。

『でも、強い』

『見たことがないようなプレイをする』

『見ていてワクワクするプレイだって、お姉ちゃんも言っていた』

『あなたは、もう何もしないの？』

『こんなところにいていいの？』

『待ってる人が、いるんじゃないの』

『私は別に待ってないけど』

『でも、来るなら、倒す』

そこまでメッセージを残して、魔王はログアウトしていった。

リンはゆっくりヘッドフォンを外そうとしたが、手が震えてうまくいかなかった。深呼吸をしてようやくヘッドフォンを外すと、突然、背後から子供たちの騒がしい声が聞こえてきた。

「リン、さっきまで泣いてたと思ったら急にニヤケだしたぞ」

「なんかキモい！」

リンは振り返り、「あんたたちうるさい」と子供たちに言うと、床に置いたリュックを手に取り立ち上がった。すると、近くで唯一心配してくれていた女の子がリンの服を摑《つか》む。

「リンちゃん、もう帰るの？」

「うん。しばらくまたいなくなるよ」

「えー、寂しいよ」

ごめんねと謝りながら、リンは女の子の頭をなでた。

そして、ゆっくりと出口に向かって歩き出した。

扉を開けると、少し肌寒い空気が彼女を迎えた。

頭上には、星空が広がっている。東京とは違って、ここでは星がよく見える。

それにしても、なんて日だろう。

一番必要としてほしい人から、必要とされて。

一番尊敬している人から、認められた。

満天の星の下、リンは勢いよく走り出した。

＊＊＊

結衣《ゆい》と選手たちは、本郷三丁目のブートキャンプスペースに集まっている。

今日一回目のスクリムを終えて、その反省会が先ほど終わった。

今は、次のスクリムまでの休憩時間だった。

結衣《ゆい》はオフィスの壁にかけられている時計を見る。

スマホを手に取ってメールをチェックするが、相変わらず新着メールはない。

「――結衣《ゆい》さんは待ってるのかもしれないけどさ、どこかで切り替えないと」

何度もスマホをチェックしている結衣《ゆい》を見かねたのか、セジュンが横に来て言った。

ステージ2のロスター提出期限が、数時間後に迫っていた。

「……はい、わかってます」

今日がロスター提出の締め切りだということは、リンの父親には伝えていた。

公式戦には、選手ごとに必要書類を事前に提出する必要がある。だから、たとえば試合当日に来ても、参加することはできない。そもそも、仮に今すぐ新潟から書類を郵送してもらっても、もう間に合わない。

「そろそろ次のスクリムの時間です」

結衣《ゆい》が呼びかけると、セジュン、テオ、ナオト、ジンの四人はそれぞれの席へと戻る。

他チームのアカデミーからレンタルしているメンバーにも連絡をしようと、結衣《ゆい》がパソコンの前に移動しようとした瞬間、結衣《ゆい》のスマホに着信が入った。

慌てて画面を確認すると、見覚えのない電話番号だった。

結衣《ゆい》は緊張しながら応答した。

『お久しぶりです。あの、リンの父ですが』

結衣《ゆい》は聞こえないようにため息をつく。

電話する時はいつも実家の電話番号にかけていたから、父親の携帯は登録していなかった。

「はい、西川《にしかわ》です。どうされましたか？」

『色々とご迷惑をおかけしており本当に申し訳ありません。実は娘のことでお話が……』

その瞬間、キイッとオフィスの扉が開く音が聞こえた。

外からの冷たい風が、ふわりと結衣《ゆい》の髪をなでた。

電話を持った結衣《ゆい》が、後ろを振り向く。

そこにいたのは、息を切らしているショートカットの女の子だった。

紅潮して緊迫した顔が、結衣《ゆい》の顔を見た瞬間、一瞬ホッとしたような表情に変わる。

「――リン？」

結衣《ゆい》に声をかけられた少女は、一転、泣きそうな表情へと変わる。

「ごめん、私、遅くなって」

結衣《ゆい》が手に持つ電話から、リンの父親の声がする。

『ああ、リンが間に合ったんですね。よかった。急にまた家を出るって言って』

結衣《ゆい》がリンに近寄ると、リンが声を出した。

「ごめんなさい、私……結衣《ゆい》さんや、みんなに迷惑かけて」

そこで結衣《ゆい》はメンバーたちを振り向く。

だが、誰も振り向かない。

結衣《ゆい》とリンが黙っている中、オフィスに声が響く。

「おい、さっさと準備しろよ」

セジュンが背中をこちらに向けたまま言った。

「え」

「もうスクリム始まるぞ」

「スクリム？」

問い返すリンの声は震えている。

「そうだよ。やり方忘れてねえだろうな」

セジュンの横に座るナオトが振り向き、笑いながらセジュンを指差す。

「こいつさ、結衣《ゆい》さんがリンに話しかけてる時、ボロ泣きしてたんだよ」

「あ、お前それ言わねーって言ったくせに！」

セジュンが怒っている姿が、ぼやけて見える。

結衣《ゆい》は何か言おうとしたが、とても声を出せそうになかった。

「これ使えよ」

いつの間にかテオが近くに立っていた。

結衣《ゆい》の隣でリンが目を丸くする。

「え、あれ、なんで結衣《ゆい》さんが泣いてるの⁉」

結衣《ゆい》は、テオが差し出したティッシュ箱を摑《つか》んで、思いっきり洟《はな》を嚙《か》んだ。


その日の夕方。オフィスには、五人の選手と結衣《ゆい》が集合していた。

結衣《ゆい》が一人ひとりの目を見ながら告げる。

「次のステージはこのメンバーで出場します」

「ごめんね、迷惑かけて」

リンが言うと、

「本当だよ。お前、だいぶ鈍《なま》ってるから。大会までに取り戻せ」

とセジュンが言うと、ナオトが「いや、セジュン偉そうに言ってるけど早速リンにキャリーされてたじゃん」とツッコみ、笑いが起きる。

結衣《ゆい》はこの雰囲気に懐《なつ》かしさを感じながら、選手たちに呼びかける。

「これから、日本予選に向けて調整していきましょう」

五人の選手たちが結衣《ゆい》の方を見て、力強く頷《うなず》いた。

「ステージ1の時といいしさ、運営が僕らに何か恨みでもあるのかな?」

愚痴っぽくつぶやくナオトの言葉がヘッドフォンから聞こえてくる。

「俺らが四条《しじょう》さんとやりあったら盛り上がるだろうって魂胆じゃねえの。けど四条《しじょう》さん、だいぶ金積んでるよなこれ。フォロワー数だったら普通にナオトより上の奴《やつ》らばっかじゃね?」

「いや、僕の半分以下のセジュンに言われたくないんだけど」

＊＊＊

ステージ2の初戦。

ゲーミングスペースに集まっている結衣《ゆい》たちレイナス・eスポーツのメンバーたちは、試合前のウォームアップをしていた。

初戦の相手は四条《しじょう》が再編成したチーム、新生エニグマだ。

つまり、この前まで結衣《ゆい》たちが所属していたチームでもある。

四条《しじょう》が集めた選手たちは、彼の言う「人気と実力を兼ね備えたメンバー」そのものだった。

キングダムほどのドリームチームではないが、かなり力を入れて集めたと言えるだろう。

結衣《ゆい》が選手を抱えて独立した後、キングダムと四条《しじょう》の二者間でどんな話があったのかはわからない。だが結局、四条《しじょう》はキングダムとの提携を行わなかった。

その代わりに、四条《しじょう》は自分が考える理想のチームを一から作り上げていた。

テオが喋《しゃべ》る声がする。

「ネットだと、四条《しじょう》さんは良《い》い再編をしたって評判だよ。逆にうちのチームは、不良債権抱えて起業したって書かれてる」

ナオトが「不良債権って僕らのことかよ」と抗議するとテオは「他に誰がいるんだよ」と返した。

「私はそう思いません。四条《しじょう》さんのやり方も一つの正解かもしれませんが、それだけじゃないと思うんです」

結衣《ゆい》がそう言うと、ナオトが
「何それ、仲間のキズナ的な？　なんか結衣《ゆい》さん、社長になってちょっと変わったよね」

とからかう。テオが「これもブラック企業と思わせないための策略かもしれないぜ」と言って笑いが起きる。

「皆さん、そろそろ試合開始です」

雑談しているメンバーに結衣《ゆい》が呼びかけると、セジュンが「てかさ」と続ける。

「これ絶対、観客も相手もビビるよな。何の予告もなくリンが復帰してるし」

「僕はどっちかっていうとリンがビビってないかが心配だよ。炎上復帰帰りだし」

ナオトが言うと、これまで黙っていたリンが静かにつぶやく。

「——なんか今日、すごく調子がいい気がする」

「え、なんだよいきなり……それなんかのフラグ？　ていうか喋《しゃべ》り方怖いんだけど」

そんなやりとりを耳にしながら、結衣《ゆい》はコーチ用の別室へと移動した。

四条《しじょう》たちを相手にした第一マップは、活気ある夜の商業地区を模したマップだ。ネオンライトで彩《いろど》られたバー、クラブ、カフェが並び、狭い路地や広い通りが交差する。Aサイトは大型のナイトクラブ内部に設定されており、逆にBサイトは開放的な屋上庭園にあった。

結衣《ゆい》たちレイナスは、攻撃サイドからのスタートだ。

開幕、レイナスの選手たちはゆっくりと目標地点の直前まで進行した。タイミングをみて、リンを起点に一気に入る作戦だった。結衣《ゆい》はオーダーのジンに視点を合わせた。

しかし、そこで急に目の前の視界がなくなる。

「どこからだ⁉」

敵のフラッシュスキルが飛んできた。不意をつかれたレイナス側のメンバーの焦《あせ》る声が響く。

銃声が鳴り響くが、視界が奪われているレイナスの選手たちは急襲に対応できない。

一瞬の後、銃声が消えた。

それと同時に視界が晴れると、そこに倒れていたのはレイナスの選手ではなく、敵チームのキャラクターだった。

右上に表示されているログには、リンの名前が表示されている。

急襲してきた敵を、全てリンが倒していたのだ。

結衣《ゆい》はリンの視点に注目する。

チャンスと見たのか、リンはそのまま一人で目標地点へと入り込んでいく。

逆に不意をつかれた敵は戦闘体制を取っておらず、リンは二人目、三人目と続けて倒して、どんどん敵陣深くへと入り込んでいく。

完全に不意をつかれていた四人目の敵をリンが倒したところで、

「リン、エース取れよ！」

とセジュンが声を張り上げた。

その瞬間、リンは五人目を撃ち抜いていた。

「うおおおおおおナイス！」

「セジュン、うるせえよ」

とテオが言う声が聞こえた。

次のラウンド開始前、リンは
「ジンさん、私、もう一回さっきと同じ感じでやっていい？」と自分から作戦を提案した。
「もう一回？　……そうだな、やれそうか？」

「うん、任せて」

エースを取ると、選手の頭には大量のアドレナリンが放出される。そのため、手が震えたり、普段ではしないような判断ミスをしてしまうことがある。だが、今のリンの声にはそのような雰囲気を感じない。ジンも同じように思ったのか、リンに任せることにしたのだろう。

ラウンドが開始すると、リンは先ほどのラウンドと同じように敵陣へと飛び込んでいった。

だが、このラウンドは運が悪かった。敵も、同じ地点を再び攻めてくると読んでおり、リンが飛び込んだ先には敵が待ち構えていた。

しかし、リンは冷静だった。

テオやジンからのサポートスキルを受けながら、一人、二人、三人と敵を次々と倒していく。

そして四人目を倒した直後、再びセジュンの声がヘッドフォンに響いた。

「お、二連続エースか⁉」

セジュンの叫び声が合図だったかのように、リンは五人目を撃ち抜いた。

セジュンが「おぉ……本当にやっちまったよ」と言う。

その声は、賞賛というよりもむしろ、少しだけ引いているようにも聞こえた。

続くラウンドは、前の二ラウンドとは異なり、敵チームに先手を取られる展開となった。

二手に分かれて進行していたレイナス側に対して、敵チームは片側を集中的に潰す戦略を取ってきた。それによって、片側をホールドしていたナオトとジンがやられてしまう。さらに、セジュンとテオも、サポートのために寄っていく隙を突かれて倒された。

このラウンドは、完全に作戦負けだった。

敵は五人全員生存している一方で、レイナス側に残されたのはリンたった一人。

「リン、ここは武器セーブでもいいよ」とナオトが提案した。

セーブとは、そのラウンドでこれ以上戦っても勝ち目がない時、次のラウンドに装備を持ち越すために逃げ隠れる戦略のことを指す。

しかしその時、リンの前に敵が現れた。

リンは即座に反応して一人を撃ち抜く。

しかし、その直後、今度は背後から銃声が聞こえた。

流石《さすが》にやられたか。

誰もがそう思った時、リンの視点が一瞬で百八十度回転し、その照準がぴたりと敵の頭に吸い付いた。これで二人目。

いけると思ったのか、そのままリンは単独で目標地点へと進行していく。その間、二人の敵が慌てて寄ってきたところを、リンは冷静に待ち構えて難なく倒した。

もう、見ている側にとっても、リンが負けるイメージは湧かなかった。

最後に残った敵が顔を出してきた瞬間、リンはその頭を一撃で撃ち抜いた。

三連続エースだ。

次のラウンドが始まるまでの準備時間、敵チームはたまらずタイムアウトを取った。

いつもであればセジュンがリンの活躍に声を上げる場面だ。

しかし、このタイムアウトではその反対だった。

「……ヴェインストライクってこういうゲームだっけ？」

「いや、ちょっと僕が知ってるのと違う」とナオトが答えた。

「だよな？　そんなことある？　三連続エースなんて聞いたことある？」

そこで結衣《ゆい》が
「えーっと、皆さん落ち着いてください」

と言うと、リンが静かに喋《しゃべ》り出した。

「――ねえ結衣《ゆい》さん、見てた？」

「……うん、見てたよ」

「私ね、今日負けない気がする。ずっと、私の画面見てていいよ」

「うん、わかった」

「いや、あの、俺たちもいるんですが」とセジュンが言っている。

「はい、もちろんです。では皆さん、四条《しじょう》さんを泣かせてあげましょう」

結衣《ゆい》がそう言うと、ジンが笑いながら答える。

「もう泣いてそうですけどね。あれだけお世話になってたのに申し訳ないな」

「この試合、俺は何もやらなくて良さそうだな」

とテオが言うのが聞こえた。


——試合後、選手たちはミーティングスペースで反省会をしていた。

「マジで圧勝だったな。ていうかリンが破壊しただけだけど」

セジュンの言葉通りだった。今日は、リンがあまりにも強すぎた。

「ていうかリン、前よりも強くなってない？　僕の記憶だとここまでのバケモノじゃなかったんだけど」

ナオトの質問にリンは「うーん」と言って頭を傾《かし》げる。

「私が強くなったっていうか、みんなが弱くなった？」

「いや、失礼すぎるだろ！　僕らとは関係なく明らかにリンが強くなってるんだよ！」

「あはは、冗談だよ。でもなんだろう、前よりこれは勝てるなって思う時が増えた気はする」

「俺もそんなこと言ってみてー。新潟で特殊な修行でもしたのかよ」

セジュンが尋ねるとリンは再び「うーん、なんだろうなあ」と考える。

「そんなこと言われてもなあ。少し時間があって頭がスッキリしたのかな」

事務作業をしながら選手たちの話を聞いている結衣《ゆい》は、それは違うと思った。

多分、私たちが気づいていなかっただけで、リンはずっとうまくなっていたのだろう。

そして、まだ伸び続けている。

結衣《ゆい》を含めたレイナスの選手たちは、リンのプレイを久々に見ているから気づいただけで、実際には彼女は急速にうまくなり続けていたのだと思う。

そもそも、ゲームを始めてまだ一年間の人間だ。天井に到達しているはずがない。

腕を組んで「でもそんなに変わったかなあと」と考えている少女を、結衣《ゆい》は微笑《ほほえ》みながら眺めていた。

＊＊＊

休日の深夜、キングダム・eスポーツのオフィスにあるゲーミングスペースで、ユウキと凜《りん》は過ごしていた。

凜《りん》はパソコンの前に座ってエイム練習ソフトをやっている。

一方、ユウキはソファに座ってスマホをいじっていた。

ユウキが凜《りん》に声をかける。

「凜《りん》、先週の試合見た？」

「なんのこと」

凜《りん》はユウキの方を見ずに短く返す。

「強かったね、前よりもずっと」

「だからなんのこと」

「わかって言ってるだろ。エニグマだよ。まさかオフライン決勝に上がるとは思わなかった」

凜《りん》は返事をせず、ただクリック音が部屋に響く。

ユウキは返事がないのも気にせずに話し続ける。

「あ、エニグマは前のチームで、今はレイナスって名前なんだっけ？　僕はエニグマって名前のほうがカッコよくて好きだったけどな」

ユウキはそこでわざと大きくため息をつく。

「やっぱり、あの女の子が戻ってきた影響は大きいかな。凜《りん》のおかげだよね。満足かい？」

クリック音が一瞬止まる。

「ユウキはもう、余計なことしなくていいから」

凜《りん》が静かに言う。

……なんだ、僕があの女の子にちょっかいをかけていたのを知ってたのか。

「僕は余計なことだとは思っていないさ。むしろ、凜《りん》がしたことの方がチーム的には余計なんじゃないの？」

「うるさい。練習中だから、黙って」

「僕らのチームが財政的に苦しいのは知ってるよね。チームの維持費が高くなっているんだ。僕らは低い給与でなんとかなってるけど、それが正しいことだとは思わないし、他のメンバーはきっちり高く給与を設定してもらっている。人気を保つためには、強いメンバーを集めて勝ち続けるしかないんだ。僕は、このチームを残したいから色々やってるつもりだよ」

「……あの子のサブアカウントを私に教えくれたのは、ユウキでしょ」

「それは凛《りん》がしつこかったからだよ。提携したら、お姉さんと一緒にプレイするチャンスでもあったのにね。あーあ。今ごろお姉さんとあの女の子は何してるだろうね。そういえば知ってる？　今あの二人一緒に住んで……」

突然、オフィスに大きな音が響く。凛《りん》がマウスを叩《たた》きつけた音だ。

凛《りん》は立ち上がって部屋を出て行った。

――ちょっとやりすぎたか。

まあ、自分のお膳立てが全部台無しにされたんだ。これぐらいはいいだろ。

ユウキはソファから立ち上がり、先ほどまで凛《りん》が座っていた場所まで歩いていく。

モニターに映るスコアを見て思わず「やばっ」と声が出た。

ユウキはスマホをかざしてモニターの写真を撮った。

＊＊＊

オフラインでの決勝前日。

結衣《ゆい》はレイナスの事務所に残って作業をしていた。

今の結衣《ゆい》たちの事務所は、本郷にある。レンタルしているブートキャンプスペースのすぐ近くだ。大学時代の知り合いの両親が不動産業をしており、事情を話したらまさかの両親がeスポーツファンで結衣《ゆい》たちのことも知っていた。ぜひ支援させてくれと言われ、かなり融通を利《き》かせてもらっている。申し訳なさはあるものの、背に腹は替えられない。自分たちの親世代にもファンがいるとわかって、嬉《うれ》しくも恥ずかしいような気持ちになった。

中目黒のオフィスと比べると、広さは比べ物にならない。とはいえ実質的な従業員は自分だけだから、大きな空間は必要なかった。

ただ、人員は圧倒的に足りない。幸い、勝ち進んでいることから取材の申し込みなども増えてきた。しかし、零細企業の社長であり、たった一人の事務員であり、加えてチームのコーチでもある自分が全ての業務をこなすのは正直かなりタフな仕事だ。

だが、やりきるしかない。

そこで事務所の扉が開く音がする。

振り向くと、そこに立っていたのはリンだった。

「あれ、まだ帰ってなかったの」

「結衣《ゆい》さんこそ、まだ仕事してるの。もう休んだ方がいいよ」

「うん、ちょっとだけね」

結衣《ゆい》はそう言って席を立つ。すると、ぐらりと視界が歪《ゆが》んだ。思わず机に手をつく。

「あ、結衣《ゆい》さん！　コップ！」

リンが叫ぶと同時に、大きな音がした。

ハッと我に返った結衣《ゆい》が床を見ると、水を入れていたコップが床に落ちてしまっている。

「大丈夫？」

「う、うん、ごめんね」

「私が拭いておくから結衣《ゆい》さんは座ってて」

リンは流しから雑巾を持ってきてそう言った。

「ありがとう、でもリンはなんでオフィスに来たの？　明日試合なんだから、もう帰ったほうがいいよ」

「そうだけど、何か手伝えることないかなって」

「その気持ちはありがたいけど、もう大丈夫。ちょうど私も帰ろうと思ってたから」

実際、明日は結衣《ゆい》にとっても正念場だ。

「じゃあさ、一緒に帰ろうよ」

結衣《ゆい》はリンと一緒に夜道を駅まで歩いている。

今、結衣《ゆい》とリンは同じ家に住んでいる。結衣《ゆい》の部屋のリビングが、今のリンの部屋だ。リンにはマンスリーマンションを契約できるとも言ったが、結衣《ゆい》の部屋の方が良《い》いと言ってそう決まった。リンの父親からは、むしろその方が安心だとも言われた。

家に向かう途中、結衣《ゆい》が通っていた大学の前を通る。

「ねえ、結衣《ゆい》さんここに通ってたんだよね。大学って夜でも入れるの？」

「一応入れるけど」

「じゃあ入ってみたい」

一応警備はしているものの、基本的に構内には誰でも入ろうと思えば入れる。建物の中にはセキュリティがかかっているから入れないが、昼間には観光客でいつも賑《にぎ》わっている。

あまり遅くなるのもどうかと思ったが、リンもきっと気分が高揚しているのだろう。落ち着かせるためにも付き合うことにした。

深夜の大学構内には、人がほとんどいない。

「ねえ、そこに座ってみたい」

リンが指をさしているのは、図書館の前にある石造のベンチだった。リンが歩いていき、結《ゆ》衣《い》はその後ろをゆっくりと付いていく。

結衣《ゆい》は、ベンチに腰をかけているリンの隣に座った。

「あー、ひんやりする」

横を見ると、リンが寝そべっている。

「リン、楽しそうだね」

「うん。今、人生で一番楽しいよ」

リンが笑顔でそう言う。

「ねえ結衣《ゆい》さん。もし魔王たちに勝てなかったら、チームってどうなるの？」

「なんとか、続けたいと思ってる」

そうは言ったものの、勝てるかどうかでスポンサーの獲得しやすさに間違いなく差は出るだろう。選手たちも、現在の給与水準でチームにいてくれるかはわからない。リンも察したのか、

「そっか」と言って黙る。

「リンは大学に進学したいとは思わないの？」

「全然。結衣《ゆい》さんと一緒だったら、行きたかったかも。もちろんここに入るのなんて無理だけど」リンが笑って言う。

「私にできたんだし、リンにもできるよ」結衣《ゆい》は本心から言った。

「私、好きなことしか勉強できないんだよね。あっ」

「どうしたの？」

結衣《ゆい》が隣を見るとリンが頭上を指さしている。

「星がたくさん見える。東京にも、こんな風に見える場所があるんだ」

結衣《ゆい》も頭上を見る。夜空には、たくさんの星が輝いていた。

「へえ、リンも星とか好きなんだ」

「うん。これ見てると、撃ち落としたくなる」

撃ち落とす？ 意味を摑《つか》めず結衣《ゆい》がリンを見ると、リンはまだ星空を見ている。

「あれと似てるじゃん、私がいつもウォームアップで使ってるソフト」

「ああ、エイム練習用の」

「そうそう。あ！ そういえばさっきユウキさんが投稿してたんだけど、魔王が新記録出してたんだよね。今まで私が一位だったのに抜かれちゃった」

選手たちにはそれぞれ試合やランクマッチに出る前、マウスの操作に慣れるためのルーチンがある。リンはいつも、画面上に次々に出てくる白い点を撃ち落とすソフトを十分ほど行っていた。驚異的なスピードでクリアしていて、ジンなどは「人生で一番びっくりした」と言っていた。ちなみにそれまでの一位は凛《りん》のプレイを見た時だったらしい。

結衣《ゆい》は夜空をじっと見る。言われてみたら確かにそっくりだった。

「リン、あれ最初からあんなスピードでできたの？」

「そんなわけないよ。ずっとやってたらいつの間にかできるようになってた」

「どれぐらいやったの？」

「覚えてない。一日中やってたし」

結衣《ゆい》がリンを見ると、指で銃を構えるポーズをしている。

きっと、この子の頭の中では、次々と星を撃ち落としているんだろう。

結衣《ゆい》は、星を見ながらぽつりとつぶやく。

「私は、ただ言われるがままに勉強してるだけだったな」

「それでこんないい大学に入れたんだし、十分すごいよ」

リンがそう言って結衣《ゆい》に笑いかける。結衣《ゆい》は「ありがとう」と小さい声で言うが、その言葉にきゅっと胸が締め付けられる。

ふとそこで、凛《りん》のことが頭に浮かんできた。

「凛《りん》は……妹は、私が迷っていた時間に自分がやりたいことを見つけてた」

迷っていたと過去形で言ったが、もしかしたら自分はまだ迷っているのかもしれない。

突然、リンがバッと起き上がった。

暗くて顔がよく見えないが、なんだか少しむすっとしているようにも見える。

「何言ってるの。結衣《ゆい》さんは、私を見つけてくれたじゃん。チームを作ってくれたじゃん。私たちのリーダーじゃん。魔王と戦えるチームを作ったなんて、魔王よりすごいよ」

結衣《ゆい》はハッとした。

「ありがとう。うん、私が弱気じゃダメだね」

リンはベンチから立ち上がって、また夜空を見上げる。

その指先は、変わらず星を指している。

「結衣《ゆい》さんは、魔王に勝ちたいんでしょ」

「え？」

「私が、魔王に勝たせてあげるよ」

リンは結衣《ゆい》を見てそう言った。結衣《ゆい》はふふっと笑う。

「そっか、じゃあ魔王討伐は頼んだ。討伐したら、リンは勇者だね」

「やだよ勇者なんて。魔王もダサいけど、同じぐらいダサい」

「ダサいって……まあ確かにダサいか。じゃあなんだろう。女王とか？」

結衣《ゆい》が思いつきで言うと、リンがうーんと言って腕を組む。

「女王？　女王もなんかダサいなあ。でも、ライフル持って戦場を駆け回る女王か。ちょっとだけ見てみたいかな。それによく考えたら、チーム名も女王だもんね」

リンはまた夜空を見る。

都心だというのに、二人の声しかしない。静かな空間だった。

「わかった。私が魔王に勝って、それで、女王になるよ」

リンが星空に銃口を向ける。

結衣《ゆい》も頭上を見上げると、二人同時に「あっ」と声を出す。リンが「流れ星だ」とつぶやく。

星はすうっと白い線を描き、一瞬で夜の海に消えていった。

「リンが撃ち落としたのかな」

結衣《ゆい》がつぶやくとリンは笑う。そして結衣《ゆい》を見て言った。

「そうだよ。どんどん撃ち落とすから。結衣《ゆい》さんの願いごと、全部かなうよ」

この子だったら、本当にかなえてしまうかもしれない。

「うん、任せた」

結衣《ゆい》の願いに応えて、リンは夜空を目がけてライフルをかざした。

＊＊＊

決勝戦の舞台は、収容可能人数二万人を誇る、都内近郊のドーム会場だった。

チケットは完全抽選制で、最前線のＳ席はプレミア付きで転売に出されていた。

そんなドーム会場の、控え室近くのトイレの中。

結衣《ゆい》は一人、鏡で自分の顔を見ていた。

プロによって仕上げられたそのメイクには、一寸の隙もなかった。

百万人以上に見られることになる顔だ。その数字には全く現実感が湧かない。

途中で会場の物販を少し覗《のぞ》いてみたが、そこには長蛇の列ができていた。ストリーマーも多数来場しており、サイン会がそこかしこで開催されていた。

結衣《ゆい》たちもチームグッズを売りたかったのだが、残念ながら事前のネット通販で在庫が切れてしまっていた。

結衣《ゆい》はトイレを出てチームの控え室へと向かった。

ドアを開けると、そこでは選手たちが思い思いの方法で過ごしていた。鏡に向かっていたセジュンが結衣《ゆい》の方を振り向く。

「なあなあ、結衣《ゆい》さんどうよこれ」

「わあ、よく似合ってますよ。アイドルみたい」

その言葉は結衣《ゆい》の本心だった。セジュンは元の顔がスッキリしており、よくメイクが映えた。

セジュンは「だろ。Kポップアイドルみたいってメイクさんから言われた」と笑う。

テオが「お世辞に決まってんだろそんなの」と横で言っているが、テオもなかなか化粧映えしている。

「テオさんもとてもよく似合ってます」

結衣《ゆい》に褒められたテオはまんざらでもないのか、そっぽを向く。

「お前らもうすこし緊張感持てよ。一億人が見るんだぞ」ナオトが呆《あき》れて言う。

一億人は流石《さすが》に盛りすぎだが、普段から人に見られるストリーマーをしていただけあって、こういう場でも落ち着いている。

「ジンさんは何度もオフライン大会を経験されてるんですよね」

結衣《ゆい》が尋ねると、同じくメイク完了済みのジンは頷《うなず》く。

「最近はご無沙汰だったから、相当久しぶりです。それに、俺が出ていた頃にはこんなドームでやるなんて、夢のまた夢でした。メイクだって初めてされましたよ」

ジンも流石《さすが》に普段より高揚を感じるものの、落ち着いて喋《しゃべ》っている。

結衣《ゆい》が部屋の一番奥、ウォームアップ用のパソコンに目をやると、リンがこちらを見ている。

ちょうど一ゲーム終わったようだ。ナオトがリンを見てつぶやく。

「それにしても、これはやばいよな」

「やばいって、何よ」

リンが言うと、ナオトは結衣《ゆい》を見て同意を求める。

「いや、何ってさ。これ、勝っても負けてもファン激増するでしょ」

ナオトの指摘に結衣《ゆい》は苦笑する。

確かに、メイクがバッチリ決まったリンは圧巻だった。

ナオトはストリーマー同士の付き合いなどもあり女性慣れしているようだが、それ以外の男性陣は最初まともに顔を見れていなかった。話しているうちに、普段と見た目が少し違うだけで中身はリンだという当たり前のことを思い出し、今はもう普通に接している。

結衣《ゆい》からすると、リンは普段ほとんどメイクをしないであれだったのだから、これぐらいの上振れは当然だった。

「リン、ウォームアップは順調？」

「うん」と応えるリンの表情は少し硬い。

リンにとっては初めてのオフライン大会だ。それに、もともと人前に出るのは苦手な子だ。緊張しているのも無理はない。

結衣《ゆい》とリンのやりとりの様子を横目で見たナオトが
「それにしても検尿されるとは思わなかったよな」

と言うと、セジュンも「そうそう、俺準備してなかったからめちゃくちゃ踏ん張ってうんこ出そうになったよ」と答える。

おそらく、選手たちなりにリンの緊張をほぐそうとしてやっているのだろう。

そこで運営の人間から「スタンバイお願いします」と声をかけられる。

選手たちが部屋の中央に集まってくる。

自然と円陣を組むような形になったところで、結衣《ゆい》が喋《しゃべ》り出した。

「相手は世界大会二年連続出場を狙う、日本一のドリームチームです。こちらは、私と選手五人だけの限界チーム。きっと、観客のほとんどがキングダムのファンです」

「色んな意味で、俺らは完全にヒール役だろうな」

テオがふっと笑う。結衣《ゆい》は頷《うなず》いて続ける。

「もしかしたら運営の人たちも、世界大会にはキングダムに出場してほしいと願っているかもしれません」

「もしかしてじゃなくて、間違いないだろ。稼げる視聴者数が全然違うよ」

ナオトは愚痴っぽく言うが、その顔は笑顔だ。結衣《ゆい》も笑顔で応える。

「そんな状況、どう思いますか。めちゃくちゃムカつくと思いませんか」

結衣《ゆい》が選手たちを見渡すと、ニヤリと笑うセジュンと目が合った。

「めっちゃムカつく。特にユウキさんがイケメンのくせにつえーのがムカつく」

「そうです、めっちゃムカつきます。だから勝ちましょう。相手も強いですが、私たちの方が絶対に強いです。今日最後にステージで笑うのは、私たちです」

結衣《ゆい》の言葉に全員が頷《うなず》く。

そこで誰が言うともなく、無言で選手たちが中央で手を合わせる。

一瞬の静寂。ジンが息をすうっと吸い込む音が聞こえる。

「勝つぞ！」

控え室内に選手たちの声が響いた。

選手たちが部屋を出て行き、一人ひとり、金属チェックを受けている。

結衣《ゆい》は、金属チェックを受けているリンの顔をチラッと見る。

すると、リンと目が合った。その手は、結衣《ゆい》があげたフィギュアを握りしめている。

こくりと頷《うなず》くリンの顔からは、緊張が解けているように感じた。

＊＊＊

結衣《ゆい》はコーチブースに座り、パソコンのセッティングを確認していた。

アリーナ席とスタンド席はいずれも観客で埋まっている。

中央にはゲームステージがあり、そこにはゲームのロゴマークをかたどる謎のオブジェ。

オブジェを挟んで正面右手には結衣《ゆい》たちレイナス・eスポーツのメンバーが座っており、正面左手には凜《りん》たちキングダム・eスポーツのメンバーが座っている。

結衣《ゆい》が座っているコーチブースは、選手たちが座る席のすぐ後ろに設けられていた。

いよいよ、試合が開始する。

結衣《ゆい》は改めて会場を見渡す。

二万人の視線が自分たちに向けられているものだという実感は湧かなかった。おそらく、オンライン配信では五万人以上が見ている。

配信では、自分が凜《りん》と姉妹だという情報は伝えられているのだろうか。

なぜか、そんなどうでもいいことが気になった。

オフラインの試合では、試合前にコーチ同士が手を合わせる慣習がある。ユウキと顔を合わせたのはインタビューの時以来だったが、無言で手を差し出してきて、結衣《ゆい》も黙って手を合わせた。

その後、各チーム同士が試合を行うマップを選択していく。

決勝までは二マップ先取の最大三マップ制だったが、決勝に限っては三マップ先取の最大五マップだ。これまでと違って、ほぼ全てのマップの練度がより問われる。

両チームのマップ選択が終わると、すぐに一マップ目が始まった。

観客による大歓声がある、のかもしれないがヘッドフォンで覆われた結衣《ゆい》の耳にはほとんど何も聞こえない。ノイズキャンセリングイヤホンの上から更にヘッドフォンをかぶせて、そこからホワイトノイズが流されている。オフラインならではの重装備だった。

試合が始まってから結衣《ゆい》にできることは、タイムアウトを取ること、そしてそこで指示することだけだ。

周囲の音は、何も聞こえない。

代わりに結衣《ゆい》は、自分の心臓の音が鳴っているのが聞こえた。

一マップ目の前半はあっという間に終わった。

「まあ噛《か》み合わなかったし仕方ないね」

ハーフタイムでナオトが明るい声で言うが、無理している感じは隠せない。

前半、レイナスは十二ラウンド中の二ラウンドしか取れなかった。

凜《りん》のスーパープレイが連続したのもあるが、それだけではない。

全体的に、相手のペースに吞《の》まれてしまっていた。

メンバーは変わったものの、キングダムの戦略は以前までと同じ、王道を行くものだ。

凜《りん》をチームの中心に据えて、その破壊力を最大限に活《い》かそうという意図が伝わる。

「はい、運が悪い部分もありましたし、全体として動きは悪くなかったです。後半は切り替えていきましょう」

結衣《ゆい》が言うとナオトが
「ごめん結衣《ゆい》さん、もうちょっと声大きくしてもらっていい？」

と言った。

「あ、すみません、えっと、とにかく後半は切り替えていきましょう」

結衣《ゆい》はつとめて声を大きくするが、少し息苦しさも感じていた。

「大丈夫、結衣《ゆい》さん？」

リンが言う。

試合前には緊張の表情が見えたものの、リンは調子を崩していない。

むしろこの大舞台で、リンが最も普段通りのパフォーマンスが出せている。

「うん、ごめん。大丈夫」

結衣《ゆい》が静かに答えると、ジンが
「それにしても音の感じがだいぶ違うな。ようやく慣れてきたけど」

と言った。セジュンも
「いやほんとそれな、最初全然聞こえなくてビビったわ」

と続けて、結衣《ゆい》は驚く。

「そんなに違うんですか」

「はい、微妙に普段と聞こえ方が違いますね」

結衣《ゆい》には違いがわからないが、微妙な音を聞き分ける必要がある選手にとっては死活問題なのだろう。こうしたオフラインでの環境に慣れている選手がレイナスには少ない。

机の高さや、モニターと顔との微妙な距離の違い。それら全てがパフォーマンスに影響を与える。もちろん、環境の違いは相手チームにも同様に影響するが、経験の違いはある。

しかし、結衣《ゆい》にはそれ以上の問題があるように見えた。

だが、それが何かを言語化できない。なぜか、頭がいつものように働かない。

結衣《ゆい》は必死でノートにメモを取るが、事態を打開するアイデアは浮かばなかった。

後半が始まっても流れは変わらなかった。

前半に比べるとレイナスのメンバーはいつも通りのプレイができているように見えたが、開始から立て続けにラウンドを取られてしまう。

結衣《ゆい》はまずいと思ったものの、タイムアウトを取るタイミングを逃す。

なぜか、思考がついていかない。

レイナスの選手たちからも焦《あせ》りを感じるが、言うべき言葉を見つけられなかった。


そのまま流れを取り戻すことができず、一マップ目は大差で負けてしまった。

試合が終わりヘッドフォンを外すと、大きな歓声が聞こえる。

これまではほとんど意識していなかったのに、なぜか異様に大きく聞こえた。

そこで、結衣《ゆい》の意識は途絶えた。

＊＊＊

『二マップ目が終わりましたが、どう見ますか』

実況アナウンサーが解説者に問いかけた。

『うーん、二マップ目は……いや、一マップ目もと言うべきでしょうか。少し一方的な展開が続いてしまいましたね』

『正直、ここまで一方的な展開は予想していなかったかと思うのですが』

『勢いがあると思われていたのは、ダークホースとして駆け上がってきたレイナスでしたからね』

『やはりコーチ不在の影響は大きいですか』

『それもあるかもしれません。ただ、思えば第一マップから体調不良だったのかもしれませんね。私はいつも、レイナスがタイムアウト後にどんな戦略を見せるのか楽しみにしているのですが、今回はいつものような変化がなかったように思います』

『確かにネット上だと、レイナスの最大のスキルはタイムアウト、とも言われてますからね』

『実際、レイナスのタイムアウト後のラウンドの勝率は、ほぼ百パーセントです。あまりにも異常な数値なので、一部では《レイナスの魔女》とも呼ばれてますからね。彼女の不在によって崩れている可能性はあると思います』

『なるほど、それだけあの魔女が精神的、戦略的な支柱として大きな存在ということですか』

『もちろんそれだけではなく、キングダムもうまくレイナス対策をしています。……とはいえ、私はレイナスがこれで終わるとは思いません』

『なるほど、その心は？』

『皆さん知っての通り、彼らはこれまで多くの逆境を経験してきました。そしてそのたびに復活してきている。それに、いつも以上に活躍しているメンバーが一人います』
『確かに、初オフラインにもかかわらずスーパープレイを連発していましたね』
『はい。あの子がまだ何かしてくれるんじゃないか、そんな期待をしています』
『なるほど、気持ちはよく伝わりました。おっしゃる通り、ここからなんとか持ち直せばゲームの流れも変わるかもしれませんね。さあ、次のマップで決着となるのか、それとも驚異の大逆転となるのか。皆さん、引き続きお楽しみください！』

＊＊＊

第二マップ終了後のレイナスの控え室には、五人の選手たちがいた。

ドアの近くに立っているリンは、部屋を見渡す。

──どうも、雰囲気が暗い気がする。

「みんな、まだ諦めるには早いよ」

リンの言葉にナオトが反応する。

「や、勝手に諦めたことにすんなよ！　僕は全然諦めてないんだけど」

セジュンも加わる。

「そうそう、別にそんなに落ち込んでねえって。けどやっぱキングダムはつえぇな」

意外にも普通の様子であった。リンは少しホッとする。

ただ、テオやジンの表情からは少し焦《あせ》りを感じる。流石《さすが》に、全員がいつも通りとはいかない。

実際、直前の二マップ目は手詰まり感があった。

選手のフィジカルの調子は戻ってきている。

それにもかかわらず、チームがいつもと違う原因は明らかだった。

「リンこそ、結衣《ゆい》さんがいなくて一番こたえそうなのお前じゃん。まあ、お前はマジでいつも通りにバケモンだけどさ」

とセジュンが言う。それを聞いたジンが入り口付近に立っている係員に尋ねる。

「……結衣《ゆい》さんは、まだ？」

係員が首を振ると、部屋に沈黙が落ちる。次のマップ開始まではもうすぐだ。

その時ふとリンの頭に、結衣《ゆい》の顔が浮かぶ。

こんな時もし結衣《ゆい》さんがいたら、どうするだろう。

結衣《ゆい》さんはいつも、困った時に魔法のような作戦を教えてくれる。

そう考えた時、リンは自然に言葉を発していた。

「――あのさ、次のマップ、変えてみない？」

選手たちがリンに注目する。それまで黙っていたテオが、結衣《ゆい》の言葉に反応した。

「変えるって、何を？」

リンが提案する。

「キャラ構成を、最近試していたやつにしてみない？」

「結衣《ゆい》さんがいきなり提案してきた構成のことか」

「うん。私、あれいけると思う」

メンバーが沈黙する。

「……えっと、だめかな」

リンが不安げに言うと、テオが

「いや、違う。むしろ、それでもいいかと思ってた」と言った。

「え、まじかよ。勝率かなり微妙だった気がするんだけど」

とセジュンが驚くが、ナオトも横から言う。

「まあ確かに、結衣《ゆい》さんがいても同じこと言いそうだよね。皆さん、提案があります！　とかなんとか言ってさ」

メンバーの言葉を黙って聞いていたジンが言葉を発した。

「……よし、やってみるか」

「ジンさん、大丈夫？」

リンが尋ねると、ジンは少し硬い表情で頷《うなず》く。ちょうど、係員から次のマップ開始のアナウンスが入った。リンは、部屋を出て行く選手たちの後に続く。

とにかく、できることを全部やってみるしかない。結衣《ゆい》さんが戻ってくるまで、私たちがつなぐんだ。

リンは、結衣《ゆい》からもらったフィギュアを手に携えて、ステージへと歩いていった。

第三マップが始まってから、数ラウンドが経過した。

このマップは深い森に囲まれた古城が舞台のマップだ。城壁、覆われた樹木の間の隠れ道、そして地下通路が特徴だ。Aサイトは古城の広場にあり、周囲を高い塔や城壁に囲まれている。Bサイトは森の中に隠された小さな湖のそばにあった。

レイナスのキャラクター構成に、おそらく実況も観客も騒然としているだろう。

一般的にプロチームは、メタに従うのが常識とされている。メタとは、流行の戦術やキャラ構成のことを指す。各チームの独自性は、メタを前提として探られるのが通常だった。

レイナスはこの重要な局面で、メタから大きく外れたキャラ構成を披露した。

もちろん、単純に相手を驚かすだけが狙いではない。勝算はあった。

――だが、試合が始まってからの流れはよくなかった。

「あーくそ！　うまくいかねえ」

と悔しそうにセジュンが言うと、ナオトが反応する。

「セジュン、ナイストライ。けどなあ、うーん、かき乱せているとは思うんだけどなあ」

テオがジンに尋ねる。

「ジンさん、次どうすればいい？」

「……ちょっと待ってくれ」

この数ラウンド、ジンはラウンド開始ギリギリまで作戦を言えずにいる。

リンには、ジンが迷っているのがわかった。他のメンバーも、ジンを急《せ》かしはしない。

ナオトが言う通り、確かにキングダムを混乱させることには成功している。

問題は、その混乱をレイナスがうまく利用できていないことだった。単純に乱戦模様を誘導するだけとなっており、主導権を握れていない。

それに、キングダム側にも徐々に対応されてきている。

第一マップや第二マップと比べると悪くないが、このままだと再び同じ展開になる。

ふと、モニターの下に置かれたフィギュアがリンの目に入る。

リンは試合が始まってから、ずっと考えていたことがあったのを思い出す。

「――Aフェイクからの展開がいいと思う」

いつの間にか、リンの口からそんな言葉が出ていた。セジュンが
「ん？　今のリン？」

と言うと、リンが早口で続ける。

「セジュンがAサイトにフェイクをかけてから、私がすぐにBサイトでアクションを起こす。

セジュンは引きつけてからテレポートして、本体に合流してほしい。そのまま全員でBサイトに行こう」

一瞬沈黙が落ち、セジュンが言った。

「と、言ってますけど……？」

すぐにテオが早口で応える。

「それで行こう、狙いは理解した。いいよな、ジンさん？」

問われたジンが応える。

「……ああ、すまないリン。よし、それで行くぞ！」

「――うおおおお！　マジで作戦ハマったぞ！」

セジュンの叫び声とともに、リンの画面にラウンド勝利の表示が映る。

「こういうやり方すればよかったんだなあ」とナオトがつぶやく。「ていうかリン、なんか結《ゆ》衣《い》さんみたいだったよね。もしかして憑依《ひょうい》した？」

「いやナオト、縁起でもないこと言うなよ……」

今は、次のラウンドの待機時間だ。セジュンとナオトは喜んでいるが、すぐに次のラウンドが始まる。若干の沈黙の後、ナオトが声を出す。

「そんでジンさん、次どうする？」

「あ、ああ。じゃあ次は」

ジンが言葉を発した直後、タイムアウトのコールがかかる。

テオがタイムアウトを取ったのだ。セジュンが

「ん、テオ、このタイミングで？」

と言うと、テオが喋《しゃべ》り出した。

「提案がある。オーダーをリンにしよう」

セジュンが「え、まじ？」とつぶやく声が聞こえる。しかしそのすぐ後に、ナオトが

「なるほどね……いいんじゃない？　ジンさん、代わりに相手ボコボコにしてくれよな」

と笑いながら言う。セジュンが

「……うーん、まあ確かにさっきのリン、ちょっとだけ結衣《ゆい》さんぽかったか？」

と言っている。

選手たちの言葉を聞いたジンが「……リン、大丈夫か？」と尋ねてきた。

それまで黙っていたリンは、手をぐっと握りしめて喋《しゃべ》り出した。

「うん、やってみる。――ジンさん、前線任せてもいい？」

リンにそう言われたジンはふっと笑い、

「ああ、任せろ」

と力強く言った。

試合が再開し、オーダーとなったリンが味方に指示を出していく。

「セジュン、もう一人いる！」

「わかってるよ！　よっしゃ、倒した！」

リンとセジュンは、それぞれワープや時間操作など、メタに存在するキャラクターが持っていない特異なスキルを持つキャラクターを使用していた。一般にこれらのキャラクターはチームプレイでの連携が非常に難しく、プロの試合ではほとんど使用されない。

しかし、今の二人はそれらのスキルを最大限に活用して敵陣に飛び込んでいる。

「セジュンナイス！　強すぎ！」

「うおおおマジでこの構成ぶっ刺さりまくりじゃん！　ていうかリン、お前のオーダーめっちゃいいな！」

興奮したセジュンの言葉に、リンが何と反応するか少し迷っていると、

「解放されたジンさんがフィジカルモンスターなことも、僕らちゃんとわかってるからね」

とナオトが笑いながらフォローを入れ、「うるせえ！」とジンが反応する声が聞こえる。

実際、現在のジンのスコアはトップだった。もともとジンは、オーダーをしていない時のランクマッチでは、メンバーの中でもトップクラスのフィジカルを発揮していた。もしかしたら、もともとこういうプレイスタイルだったのかもしれない。

ラウンド開始前の準備時間、ナオトが感慨深げに言う。

「それにしても、僕ら完全にあのキングダムを翻弄しちゃってるよね」

テオが淡々と返事をした。

「ああ。不安だったけど、意外に本番でも合わせられるもんだな」

リンはその会話に、胸をなでおろす。

賭けは、どうやらうまくいったようだ。

初めの二つのマップは、レイナス側もメタに沿ったキャラクター構成を採用した。

しかし、最近の結衣《ゆい》は、メタから外れた構成を選手たちに提案することが多かった。曰《いわ》く、単純にメタ同士をぶつけ合うと、長年の経験や、細かな練度の差が出てしまう。それに、レイナスにはメタから外れた構成が合っているのではないか、とのことだった。

スクリムでの勝率は不安定で、圧勝か大敗のどちらかだった。

ただリンには何故《なぜ》か、勝てるイメージがあった。

多分、このマップが、結衣《ゆい》とリンの二人が特に話していたマップだからだろう。

練習が終わって、一緒に家に帰っている時。お風呂《ふろ》から上がって、リビングで休んでいる時。一緒に朝ご飯を食べている時。いつも二人で、どうすればキングダムに、魔王に勝てるかを議論していた。それを全部、思い出すんだ。

結衣《ゆい》さんならきっと、こうやる。

そんなアイデアが、リンの頭に次々に浮かんできた。

＊＊＊

『いやあ、予想を何回裏切られるんでしょうね』

実況アナウンサーが解説者に問いかける。

『レイナスは第三マップで完全に復活しましたね』

『ええ、そのまま第四マップも取り切ってしまいましたからね。というか、さっきチームボイスを抜いた映像が流れていましたが、リンがオーダーをしていましたね。まさかこの土壇場《どたんば》で、ジンとオーダーを交代したのでしょうか』

『あれには驚きました。魔女が倒れた時の秘策を用意していたんでしょうかね』

『自分が倒れることまで魔女が読んでいたとしたら、あまりにも驚愕《きょうがく》ですね』

『ただ、スコア上は差が開きましたが、四マップ目は流石《さすが》にレイナス側の勢いが弱まっていたように思います。というより、キングダム側が対応してきましたね』

『なるほど、そこは王者の意地というところですか。さて、次はいよいよ最終マップですが、どのような展開を予想されますか？』

『最終マップは、意外に両チームとも普通のキャラクター構成になる気がしますね』

『というと？』

『実は直近の二マップは、メタから外れたキャラクター構成が刺さりやすいマップでもあったんですよ。ただ、次のマップは純粋な地力が問われるマップです』

『だとしたらキングダム有利でしょうか？』

『常識的に考えたら、そうですね。ただ、それでも普通の試合にはならない予感がしています。なんというか、レイナスは見ていてワクワクするんですよ』

『ああ、それは私も思います。逆にキングダムは、見ていて安心するというか』

『はい、その感覚はわかります。キングダムは今のメタの完成形なんですよ。でもレイナスには、これからのヴェインストライクというか、未来を見せられている気がするんです』

『なるほど、深いですね』

『……それ、本当に思って言ってます？』

『――さて、それでは泣いても笑っても次が最後のマップです。日本一となるのは魔王が率いる王者キングダムでしょうか。それとも、女王が率いるレイナスが魔王を討伐するのでしょうか』

『ん？　今、女王って言いました？　リンのことですよね？』

『ちょっと勢いで名付けてみました』

『いいですね、それ。一タップクイーンか』

『……というわけで、試合開始までもうしばらくお待ちください！』

＊＊＊

最終マップである第五マップは、自然が作り出した美しい岩結晶の峡谷を舞台にしたマップだった。透き通ったクリスタルが地形を形成し、太陽の光によって幻想的な光景を作り出す。Aサイトは峡谷の底にある広場で、周囲を高い岩壁が囲んでいる。Bサイトは一連の橋で繋《つな》がれた複数の小島に設けられていた。

最終マップでは、レイナスもキングダムも同じキャラクター構成を選択していた。おそらくキングダムも、この展開を予想していただろう。最終マップは奇策が効きにくい、地力がストレートに問われるマップだった。

最終マップは、これまで以上に速いテンポで進んでいった。

「リン、横だ！」

とジンが叫んだ時、既に銃声が鳴り響いていた。

「あーもう！　さっきから何でこんな変なところにいるのかなあ」

逃げ場がない、普通なら身を置かない場所に潜んでいた敵に、リンが倒されてしまう。

当然、敵にも逃げ場がなく、ジンによってすぐに倒された。

「あいつらうぜー！　露骨にリンを狙ってきてるよね。ほぼ捨て身だし」

ナオトが言う通り、キングダムは相打ち覚悟でリンを潰しにきていた。

リン一人を倒すために大量のスキルを消費し、時にはリン一人に対してキングダム側が二人やられることもあった。普通に考えたら、不利なトレードだ。

だが、それがうまくいっている。

前のマップでは、オーダーであるリンが自分のペースで動き、切り開くことによって盤面を支配した。そのレイナスの戦術に対する、アンチ戦術ということだろう。

レイナスはキングダムの打ち手に対する解法を見つけられないまま、前半が終わってしまう。

ハーフタイムに入った時点で、スコアは十二対〇。絶望的なスコアだった。

圧倒されていたわけではない。だが結果として、全てのラウンドを取られてしまった。完全な、戦略負けだった。ジンが選手たちに声をかける。

「お前ら、まだ諦めるなよ」

セジュンが「当たり前だろ！　諦めてねえよ！」と言い、ナオトが「こっから僕らが逆転したら歴史に残るよね」と応える。テオも、珍しく「ここまできて諦められるわけない」と強い言葉で応じた。そんなメンバーの言葉を聞いて、リンも
「うん、まだ後半がある」

と応える。その気持ちに嘘《うそ》はない。だが、前半をストレートで落としてしまったレイナスは、

後半、一ラウンドでも取られたらもう終わりだ。その事実は変えられない。

どうしたらいいのか、リンは作戦を必死で考える。

その時だった。リンは、視界がぐらりと傾くような感じを覚える。

一瞬、自分の身体《からだ》に異変が起こったのかと思う。

いや、違う。揺れているのは私じゃなくて、椅子だ。

「え、これって地震？」

とナオトが言うと、セジュンが叫ぶ。

「おいおいおい、マジかよ。このタイミングで地震はやべえだろ！」

その時リンは、ヘッドフォンの外からわずかに音が聞こえてくるのを感じた。

同じく違和感を覚えたのか、テオが喋《しゃべ》り出す。

「いや、地震じゃない……これ、歓声だ！」

観客の声が、振動となってステージに伝わっていた。

リンは、自分の心臓の鼓動が速まるのを感じた。

もしかして、もしかして、もしかして。

その時リンのヘッドフォンから、今、一番聞きたい声が聞こえてきた。

「みんな、待たせてごめんなさい」

リンが振り向くと、そこにはずっと待っていた人がいた。

＊＊＊

結衣《ゆい》が目覚めると、彼女はベッドの上に寝ていた。

心配した顔の係員に連れられて、慌ててステージへと向かう。

コーチがラウンド中に復帰することは規定で禁止されていた。しかし、ハーフタイムからの復帰は許可されていた。結衣《ゆい》は待っている間、選手たちが厳しい状況下でも希望を失わずに戦っている姿を見ていた。

「結衣《ゆい》さん、大丈夫なの？」

とリンが心配そうな声を出す。

「うん、もう大丈夫。皆さん、こんな時に倒れてしまって本当にごめんなさい」

と結衣《ゆい》が答えると、

「結衣《ゆい》さん、時間がない。何かあるんだろ」

とテオが短く言う。結衣《ゆい》はマイクを握りしめて、

「──はい、聞いてください」

と静かに言った。

後半の展開は、先ほどとは打って変わったものとなった。

攻撃サイドとなったレイナスのメンバーは、何のアクションもかけずに、目標地点へと真《ま》っ直《す》ぐ、静かに進んで行った。すると、先頭を歩いていくリンの視界に、敵影が一つ映った。その瞬間、リンは敵を撃ち抜く。

完全に不意を突かれた敵は、反応する間もなかった。

レイナスの選手たちはそのままスルリと目標地点に入り込み、無傷で制圧することに成功した。そのまま目標地点を守りきり、第一ラウンドを取得した。

この展開に、観客も、そしてキングダムの選手たちも、不思議に思っただろう。

結《ゆ》衣《い》がコーチブースに戻ってきたにもかかわらず、レイナスは何の奇策も用いなかった。

しかし、それこそが結《ゆ》衣《い》の狙いだった。

次のラウンドも、レイナスの選手たちは同様の無音戦略を採用した。すると再びキングダムの隙を突くことに成功し、危なげなく後半の第二ラウンドを取得することに成功した。

セジュンが感心した声で言った。

「結《ゆ》衣《い》さんがどんな作戦言うかと思ってたけど、何もするなって言うとはなあ」

ナオトが笑いながら同意する。

「相手、絶対カウンター構えてたよな。完全に裏をかいた感じする。こりゃ魔女だわ」

「そうそう、この感覚だよな。リンも悪くなかったけど、相手を出し抜いてるって感じは結《ゆ》衣《い》さんならではだよな」

「リンもだいぶ様になってたけど、やっぱり本物はリンとは違うな」

「二人ともうるさい！　結衣《ゆい》さんに勝てるわけないでしょ！」

レイナスはその勢いのまま、次のラウンドも取得することに成功する。

テンポよく3ラウンドを連取したところで、キングダムによるタイムアウトが入った。

――さすがユウキさん、素早い判断だ。

結衣《ゆい》はマイクに向かって喋《しゃべ》りかける。

「皆さんも気づいているように、前半、キングダムは明らかにリンを狙いにきてました」

「やっぱり僕ら舐《な》められてたよね。で、これからはさっきまでと同じ感じで何もしないでいいの？」とナオトが反応する。

「いえ、もうあれは通用しません」

「ま、そうだよね。どうすればいい？」

「一旦、リンも含めて引き目のカウンター配置を取りましょう。初動で詰めてきた相手を倒してから、通常通りに展開していくのがいいと思います。リンのためだけにスキルを使っていますから、キングダム側もスキルが足りなくなるはずです」

「了解。けど、なんか嫌な予感がするんだよなあ」

タイムアウトが終わり、四ラウンド目が始まった。

レイナスにとっては、負けたら終わりのラウンドが続く。

キングダムは三人がかりでリンを倒しにきた。カバーに入っていたテオもやられるが、キングダム側は三人の選手を失った。レイナスにはまだセジュンとナオト、それとジンの三人が残っている。三人は目標地点まで到達し、爆弾を設置することに成功した。

キングダムに残っているのは、凜《りん》とユウキ。今日、絶好調の二人だ。だが、二人がどこにいるのかの情報がなかった。

「まずい、ジンさん後ろだ！」

ナオトが叫ぶと同時に、ジンが倒される。キングダムの二人は、背後から迫ってきていた。

「セジュン、あいつら相手に正面で撃ち合うのはきつい！　一旦引くぞ！」

ナオトの提案に、セジュンは
「……いやナオト、一緒に顔出すぞ！　三秒後な！」

と叫ぶ。

「え、行くの!?　あーもう！　知らないからな！」

三秒後、セジュンの掛け声と共に二人飛び出すと、すぐそこまで迫ってきていたキングダムの二人と対面した。セジュンとナオトが銃をフルオートで発射する。

「……よっしゃあああああ！　バケモノ二体退治したぜ！」

「あー絶対終わったと思った……ていうか完全に相手油断してたな」

セジュンとナオトが安堵《あんど》の言葉を口にしていると、

「ナオト、セジュン、やるじゃん！」とリンが言った。

「やるじゃん、じゃねえよ！　こっちだってリンだけのチームじゃねえっつうの」

「まあ確かに、ここが一番サブスク稼ぎ時だよな。活躍するコスパ高いかも」

先ほどのラウンドから、レイナスの空気が変わった。

リンが最初に潰される展開は続いたが、それでも他のメンバーが活躍する。

キングダムも、リンに狙いを定める作戦がうまくいかなくなっているのをわかってか、通常の作戦に切り替えつつあった。

しかし、それでもレイナスの勢いは止められなかった。キングダムに追いつくまであと一ラウンドという場面では、また別のメンバーが活躍した。

「うおおおおジンさんナイス！　あぶねえ！」

ジンが一対二のシチュエーションを取り切って、セジュンが歓声を上げる。

「このまま、リン以外が不甲斐《ふがい》ない奴《やつ》らだなんて思わせて終われないからな」

「何だよ、お前ら急に元気になってキモイな」

テオが呆《あき》れたような口調で言うと、

「今のラウンド、テオもすごい良かったよ！」

とリンが褒める。

「おっテオ、照れてる？」

テオがセジュンを思いきり銃で撃っているのを見て、結衣《ゆい》は微笑《ほほえ》む。

そうだ、リンだけのチームじゃない。この五人でやってきたんだ。


レイナスは後半のラウンドを全て取得し、いったんはマッチポイントとなったスコアを、十二対十二のタイまで戻した。

これで、試合は『オーバータイム』に突入した。

オーバータイムでは、どちらかのチームがラウンドを連取するまで試合が終わらない。選手たちは既に四マップを終え、長時間にわたる緊張感の中でプレイしていた。各マップは、平均で約一時間続く。選手たちの声には、隠しきれない疲労がにじみ出ていた。

しかし、それはキングダムの選手たちも同じだった。

両チームに、普段滅多にしないようなミスが現れ始めた。ラウンドを取っては取られる展開が続き、試合はついに四十一ラウンド目に突入した。通常、ヴェインストライクでは二十から二十四ラウンド程度で決着がつく。四十ラウンドを超える試合は、記録的な長さだ。

四十一ラウンド目、レイナスは接戦の末、ラウンドを勝ち取った。

「うおっしゃあああ絶対これで勝つぞ！」

「あーもう絶対次のラウンド勝つ。もう流石《さすが》にやめたい！」

セジュンとナオトが声を張り上げ、他のメンバーも両手をぶつけ合っている。

しかし、この気力がいつまで持続するかは未知数だ。

もうタイムアウトは使い切ってしまったため、結衣《ゆい》には見ていることしかできない。結衣《ゆい》は、次のラウンドで試合が決まることを心から願った。

次のラウンドで、防衛サイドとなったレイナスは意外な戦略をとった。通常、防衛サイドは待ち構えることが多いが、レイナスはあえて攻め込む戦略を選んだ。これまであまり見せていなかった作戦だ。

しかし、キングダムはその動きを見越していた。

セジュンとジンが突入した時、敵は既に待ち構えていて、二人はあっという間に倒された。

さらに、後方を警戒していたナオトとテオも続けてやられてしまい、残るは離れた場所で行動していたリンだけになった。

また、試合が振り出しに戻るのか。結衣《ゆい》がそう思った瞬間だった。

リンが、背後から迫っていた二人の敵を一気に倒した。

すぐに前方から敵が二人で飛び出してくるが、それも凄《すさ》まじい反応速度で撃ち抜いた。

五対一の状況が、あっという間に一対一へと変わった。

キングダムに残されたのは、凛《りん》だった。他の選手たちが前線で衝突している間に、凛《りん》は爆弾を持って単独で目標地点に向かっていた。そして、凛《りん》が目標地点に爆弾を設置したことで、試合の状況はキングダムにとって有利になった。リンは、待ち構えている凛《りん》を時間内に倒さなければいけない。

結衣《ゆい》は祈るように手を合わせた。

リンは、自分の言葉を覚えているだろうか？

このマップとこの状況で、凛《りん》が高確率で隠れて待ち構えている場所がある。

凛《りん》にも疲労が溜《た》まっているため、そういう時こそクセが出やすいはずだ。

リンは慎重にその場所に近づき、索敵用のスキルを発動させる。

――放った場所は、結衣《ゆい》がリンに対して教えた、その逆の場所だった。

一瞬の静けさの後、リンの索敵スキルが反応した。

そして、飛び出してきた凛《りん》の頭を、リンのライフルが撃ち抜いた。

聞こえた銃声は、一発だけ。吸い込まれていくようなエイムによる、綺麗な一タップキルだった。

全てが一瞬の出来事だった。

結衣《ゆい》はヘッドフォンを外し、選手たちのもとへと駆け寄る。

ステージ上では、セジュンが大きく叫び、隣のテオと力強く拳を合わせていた。ナオトは立ち上がり、ジンと抱き合って喜んでいた。

一方、リンは静かに席にとどまっていた。その机には、結衣《ゆい》が贈ったフィギュアが置かれている。結衣《ゆい》が近づくと、リンはゆっくりと立ち上がった。

「結衣《ゆい》さん、勝ったよ」

と、リンは穏やかに微笑《ほほえ》んだ。

「最後、どうしてあそこを素敵したの？」と、結衣《ゆい》が尋ねる。

「もし自分が魔王だったら、結衣《ゆい》さんに情報を取られていると思って、その逆に隠れると思ったから」

結衣《ゆい》は一瞬言葉を失い、それから笑みを浮かべた。

「本当に天才だよ、リンは」

結衣《ゆい》はリンを強く抱きしめた。

「ううん。結衣《ゆい》さんが教えてくれたからできたんだよ」

背中越しに、リンの声が聞こえる。

その瞬間、セジュンの大きな叫び声がステージに響いた。

「やったぞおおおお！」

と、セジュンが結衣《ゆい》とリンに向かって飛び込んでくる。

その瞬間、結衣《ゆい》は初めて、周りが大歓声で満ちていることに気づいた。

大阪にある、一万人を収容可能なアリーナ会場。

その関係者席に、結衣《ゆい》は一人で座っていた。

今日の彼女は、ただの観客としてイベントを楽しみにきた。

先ほどまで会場で行われていたのは、人気ストリーマーたちによるエキシビジョンマッチだ。

これからは、オンライン投票で選ばれたプロ選手同士のオールスターマッチが控えている。

嬉《うれ》しいことに、レイナスのメンバーは全員が投票により選出されていた。

結衣《ゆい》が席でスマホをいじっていると、横から声をかけられた。

「やあ、久しぶりにリアルで会ったね」

「四条《しじょう》さん？　いらっしゃってたんですか」

四条《しじょう》は「よっこらせ」と言って結衣《ゆい》の隣に腰掛ける。

「うん、たまには生身の人間がプレイする試合も見たいと思ってね」

四条《しじょう》は最近、VTuber中心のゲーミングチームを立ち上げた。競合も多い領域だが、かなり成功しているらしく、既に多くの人気配信者が育ってきていると聞いている。

「あの、その節は申し訳ありませんでした」

結衣《ゆい》が頭を下げると、四条《しじょう》は笑いながら手を振る。

「いいっていいって。それよりどう、またうちのチームに来ない？　選手部門にいた奴《やつ》らは全員ストリーマーに移行したし、今ならチーム丸ごと引き取ってもいいよ」

「そんな、ありがたいお話ですけど」

「まあ、検討してみてよ」

短く言うと、四条《しじょう》は黙って会場を見つめる。

ふと、結衣《ゆい》はずっと尋ねたかったことを思い出す。

「四条《しじょう》さん、どうしてeスポーツチームを始めたんですか？」

「なんだよ、いきなりだな」

「あ、いえ、もちろん言いたくなければいいんですけど」

「いや、話せないわけじゃないんだけどさ」

そう言う四条《しじょう》は、珍しく恥ずかしそうに頭をぽりぽりとかいている。

「実は僕さ、君のお父さんの配信を見たことあるんだよ」

「父の配信を？」

「そう、大昔の動画配信サイトでね。そこで、イケてない不良学生の僕が、君の父親に質問したんだよ。ゲームなんかを仕事にしててバカにされないのかってさ。ほぼ八つ当たりだよね」

「父はどう答えたんですか？」

「遊びを仕事にしてるなんてすごいだろって自慢してきたよ」

「父らしい答えだと思います」

「だろ？　この人ふざけてんなって思ったけど、確かに昔の僕はあの言葉で救われたんだよな。

好き放題やってもいいんだって。ネットゲームが一番面白いものになる、っていう話もあの時君のお父さんから聞いたんだ」

「あ、だから最初に会った時に」

「そういうこと。もちろんeスポーツに手を出してるのはそれだけじゃないし、ビジネスとしての可能性はあると思っているよ。というわけで、昔話はこれぐらいにしておこう。あっちに知り合いがいるから、挨拶してくるよ」

四条《しじょう》は「よっと」と言って立ち上がる。

「あ、四条《しじょう》さん！」

「ん、まだ何かあるの？」

「あの、チーム加入についてもありがたいお話だと思うのですが、お断りしたいと思います。四条《しじょう》さんの力を借りずに、私の……私たちの力で、私たちのやり方で頑張りたいんです」

結衣《ゆい》が言うと四条《しじょう》は少し間を置いて、

「へえ、そういう感じか」

と言って面白そうな顔をする。

「まあ、今はそれでいいのかもね。とにかくこっちはいつでも出戻りウェルカムだから」

四条《しじょう》はひらひらと手を振って去っていった。

四条《しじょう》との話を終えても、オールスターイベントまでまだ少し時間があった。

少し、会場を歩いてみるか。

そう思った結衣《ゆい》が通路に出ると、少し歩いたところで喫煙所に目が留まる。

一瞬、入るか悩んだものの、ふらっと吸い寄せられる。

そこには意外な先客がいた。

「……え、結衣《ゆい》さん？」

「ユウキさんが吸われるなんて意外です。優等生っぽいのに」

先客はキングダムのユウキだった。

「その言葉、そのままお返ししますよ」

「ファンに悪影響じゃないんですか」

「配信ではそんなキャラで売ってないから、問題ないですよ」

ユウキは、配信ではだいぶ突き抜けたキャラクターをしていることで有名だ。

ファンからすると、そういった点も魅力的なのかもしれない。

そういえば、ユウキと二人きりで話すのは初めてかもしれない。

「世界大会、お疲れさまでした。二年連続で三位入賞はすごいです」

「どうでしょうね。去年と同じ成績で、停滞しているとも言えますよ。それにそちらこそ、初めての世界大会で六位は立派ですよ」

今年最後の世界大会に、日本からはレイナスとキングダムの2チームが出場した。レイナスは第二ステージのチャンピオンとして出場することができた。レイナスに敗れたキングダムは、第二ステージ終了後すぐに行われたアジア地域の敗者復活戦で優勝し、世界大会出場を決めた。

そのような中、レイナスは先日の世界大会で六位に入賞した。ほとんどのメンバーが初めての海外経験の中、現地で全員が病気にかかるなど、大騒ぎの状況だった。そのため試合時のコンディションも最悪だったが、それでも初めての大会にしては健闘したと言えるだろう。

ユウキが言葉を続ける。

「まだ、世界の壁は厚いですね。そろそろ日本勢がタイトルを獲得しないとファンからも飽きられる。正直なところ、かなり焦《あせ》ってますよ。そうだ、リンちゃんは元気にしてますか？」

「はい、おかげさまで、メンタルも強くなって帰ってきました」

ユウキがピクッと反応して、冷ややかな視線で結衣《ゆい》を見た。

「なんだ、知ってたんですか」

「はい、ユウキさんの配信は目を通していますから」

「僕の配信を？　全部？」

「はい、録画させてもらってます。日本最高のオーダーが普段どんなプレイをしているのか、学ばない手はありませんから」

「……それで、怒らないんですか」

「いえ、あれがあったからこそ、リンも私も成長できました」

「そうですか。それなら感謝してもらいたいですね」

ユウキはタバコの火を消し、喫煙所を出て行こうとする。結衣《ゆい》はその後ろ姿に声をかけた。

「あと、凛《りん》の、妹のことでもお礼を言わせてください」

「……何の話ですか」

「凛《りん》の移籍に、あなたが協力してくれたって聞きました」

「移籍金のためですよ」

「いつも凛《りん》のことを応援してくれて、感謝しています」

ユウキは軽く首を振り、大げさにため息をついた。

「姉妹そろって、面倒な人たちだよ」

そう言い残し、ユウキは喫煙所を後にした。

＊＊＊

結衣《ゆい》は関係者席に戻ってステージを見ている。

オールスターイベントは既に始まっており、四チームに分かれた選手紹介が終わった。

レイナスの選手は全員がファン投票で上位に入ったが、中でも一番の票を集めたのはリンだった。リンは全選手の中でも一位の票を集めて、二位のユウキとは二倍以上の差がついていた。去年は凜《りん》が一位だったが、その時もこれほど票は集められなかった。

選手紹介でリンが入場した時の歓声は、爆発物が破裂したのではないかと勘違いするレベルだった。

結衣《ゆい》はそんな様子を、何か非現実的なものを見るかのように見ていた。

選手紹介が終わった後、各チームのコーチを務めるストリーマーが出てくる。

選手以上に人気があるストリーマーは多く、この時の声援もかなりのものだった。

しかし、一つだけ不思議なことが残っていた。

オールスターに出る各チームともに、チームを構成するには一人足りない。

特にリンのチームに至っては、三人しかいないので二人足りない。

今回のイベントに関して結衣《ゆい》にはほとんど連絡がなく、結衣《ゆい》がやることは選手のスケジュールを調整するだけだった。なので、詳細はほとんど知らされていない。

『さて、今日はシークレットゲストが来ております』

会場では女性キャスターと男性キャスターが二人で司会をしている。

『昨年日本代表として世界三位の結果を出した立役者でもあり、現在北米リーグで活躍中の』

キャスターがそこまで喋《しゃべ》ったところで会場から歓声が上がる。

あまりにも歓声が大きすぎて、何を言っているか全く聞こえない。

その歓声とともにステージに出てきたのは、凛《りん》だった。

笑顔で手を振って出てくる凛《りん》が、リンの隣に並ぶ。

キャスターが笑顔で凛《りん》を紹介する。

『この二人が並ぶと壮観ですね』

『魔王と、女王が並んでますからね。怖いものなしですよ』

凛《りん》の登場に結衣《ゆい》は驚いたが、そういうこともあるかもしれないとは思っていた。

しかし、選手をアメリカから呼び寄せるとは、すごい時代になったものだ。

しかしそれでも、まだ一人足りない。

『これで各チーム四人揃《そろ》ったわけですが……これでもまだ一人足りなくないですか？』

『ふふふ、実は今日のオールスターは、会場にお越しいただいている方々の参加型企画にもなっているんです！』

会場から大きなどよめきが起こる。

『え、でもこのメンツの間に入るってそれはちょっと厳しくないですか？』

『はい、ですので参加条件をだいぶ絞らせていただいてます。観客の皆さんには、事前にプレイヤーランクを聞かせてもらったと思います。今回、レジェンドの方だけが参加可能という基準にさせていただきました。また、既にプロチームに選手として所属されている方も除外しております』

会場がざわつくのが聞こえる。

結衣《ゆい》は、自分の背中に冷たい汗が伝わるのを感じる。

『え、でもレジェンドって、アジア地域の中でもトップ数百位に入ってるってことですよね？　しかも抽選が決定してからランクを聞いてるわけですし、四人もいるんですか？』

女性キャスターは、いかにもわざとらしい感じで尋ねる。

『そうなんです、こちらとしても危惧していたのですが、なんとピッタリ四人だけいたんですね。今からその方々をお呼びしたいと思います。今会場にいるレジェンドの方々、事前にインストールしていたスマホアプリを見ていてください。そちらに反応があります』

直後、結衣《ゆい》の目の前に置いてあるスマホが、小刻みに振動を始めた。

完全に公開処刑だった。

結衣《ゆい》は、ステージ上でパソコンの前に座っている。

日本国内でステージに上がるのは、日本大会の決勝戦以来となる。

だが、コーチブースに座っていたあの時と違い、今結衣《ゆい》が座っているのは選手席だった。

セッティングをしている結衣《ゆい》の耳に、会場のスピーカーから流れてくる男性キャスターの声が聞こえてくる。

『いやあ、これはとんでもないメンバー構成ですよ。改めて説明せずともファンの方はご存じだと思いますが、真ん中に座られているのは、女王が所属するレイナス・eスポーツの社長兼コーチである西川結衣《にしかわゆい》さんです。ファンの間だとレイナスの魔女として有名ですね。やらせじゃなくて、本当にこの方しかいなかったんですからね。自分はレジェンドだって人がいたらこの場でクレームしてくださいね』

結衣《ゆい》は心の中で舌打ちをする。

本当に自分しかいなかったのかもしれないが、それでもこのチーム編成にしたのは、絶対狙ってのことだろう。

『ええ、本当に驚きです。ちなみに魔女は、横に座る魔王の実のお姉さんでもあります。これもファンには常識かもしれませんが、意外と知らない方もいるのではないでしょうか』

会場からどよめきが上がる。

恥ずかしくて死にそうになるとは、このことか。

結衣《ゆい》がチラリと右を見ると、凜《りん》はモニターを見て黙々とウォームアップをしている。左を見ると、こちらを見ているリンと目が合った。リンはすぐに自身のパソコンに視線を戻す。リンの机の上には、いつものフィギュアが置かれている。

結衣《ゆい》がウォームアップを始めていると、あっという間に試合開始の時間になる。

レジェンドといっても、プロ選手との力の差は大きい。自分ではとても勝負にならないのは知っている。

第一ラウンドがいよいよ始まる。

結衣《ゆい》は深呼吸をして、気分を落ち着かせた。なんとか足を引っ張らないようにしないといけない。

チームのオーダーは、自然と結衣《ゆい》がする流れとなった。

結衣《ゆい》が選んだ作戦は、シンプルなラッシュ。

リンと凜《りん》、二人の天才を先頭に突っ込んで敵陣を荒らす。それだけで十分だと判断した。

ラウンドが開始すると、二人は流れるように敵陣に進行していく。その動きに、結衣《ゆい》は付いていくので精一杯だった。

結衣《ゆい》が何もしないうちに、あっという間に二人が敵陣を制圧し、敵チームの残りは一名となった。

そこで結衣《ゆい》は、背後に残っていた味方がやられていることに気が付く。

「お姉ちゃん、後ろ！」

「結衣《ゆい》さん、後ろ！」

二人が同時に叫ぶ声が聞こえる。

その声に応じて結衣《ゆい》は振り向き、飛び出してきた相手を撃ち倒す。

ヘッドフォンを通じて大きな歓声が聞こえてくる。

結衣《ゆい》は胸に手を当てる。
心臓が、今まで経験したことがないような音を立てている。
ふと顔を上げると、左右に気配を感じる。
右には、腕を上げている凜《りん》。左には、同じように腕を上げているリン。
結衣《ゆい》は笑って両手を上げ、凜《りん》とリンに手を合わせた。

了

あとがき

はじめまして、朝海《あさみ》ゆうきです。

この度は本作をお手に取っていただき、まことにありがとうございます。

この『エイム・タップ・シンデレラ　未熟な天才ゲーマーと会社を追われた秀才コーチは世界を目指す』は、第30回電撃小説大賞に応募した作品を原案としております。幸運にも電撃文庫編集部のS様にお声掛けをいただき、こうして書籍として世に出すことができました。

本作の中心となるのはeスポーツの舞台です。特に、五対五の爆破系FPSを題材として、私自身が青春時代に夢中になったeスポーツの競技シーンを描いています。

かつて「eスポーツ」という言葉もまだ一般的でなかった時代から、今では多くの子どもたちが「プロeスポーツプレイヤー」としての将来を夢見るようになりました。

しかし、昔も今も変わらないのは、勝利を目指してひたむきに努力する選手、それをサポートするコーチやスタッフ、そして応援してくれるファンの存在です。本作を通じて、その変わらぬ情熱を伝えられていれば、これ以上の喜びはありません。

なお、物語には多くのプロゲーマーやチームが登場しますが、これらは現実からインスピレーションを得たものの、実際の人物やチームをモデルにしたものではありません。

謝辞を申し上げます。

この物語は、担当編集のS様からのご提案によって、より鮮明で面白いものに進化しました。S様は私にとっての結衣《ゆい》であり、その鋭いご指摘がキャラクターたちに一層の個性をもたらし、物語全体を引き締めてくれました。本当にありがとうございます。

イラストを担当してくださったあさなや先生は、キャラクターに新たな彩《いろど》りを添え、物語の世界をより鮮やかにしてくれました。小説家としてあるまじきことながら、今の私には、あの驚きと喜びを表現する言葉が見つかりません。心からの感謝を申し上げます。

そして、今、この本を読んでくださっている皆様に、心からの感謝を込めて。
また別の作品で皆様にお会いできることを楽しみにしております。

朝海ゆうき

◉朝海ゆうき著作リスト

「エイム・タップ・シンデレラ
未熟な天才ゲーマーと会社を追われた秀才コーチは世界を目指す」（電撃文庫）

本書に対するご意見、ご感想をお寄せください。

ファンレターあて先
〒 102-8177　東京都千代田区富士見 2-13-3
電撃文庫編集部
「朝海ゆうき先生」係
「あさなや先生」係

本書は書き下ろしです。

電撃文庫

エイム・タップ・シンデレラ
未熟《みじゅく》な天才《てんさい》ゲーマーと会社《かいしゃ》を追《お》われた秀才《しゅうさい》コーチは世界《せかい》を目指《めざ》す

朝海《あさみ》ゆうき

2024年９月10日　初版発行

発行者　山下直久
発行　株式会社KADOKAWA
〒102-8177　東京都千代田区富士見2-13-3
0570-002-301（ナビダイヤル）
装丁者　荻窪裕司（META＋MANIERA）
印刷　株式会社暁印刷
製本　株式会社暁印刷

●お問い合わせ
https://www.kadokawa.co.jp/（「お問い合わせ」へお進みください）
※内容によっては、お答えできない場合があります。
※サポートは日本国内のみとさせていただきます。
※Japanese text only

※定価はカバーに表示してあります。

ISBN978-4-04-915784-0　C0193　Printed in Japan

電撃文庫　https://dengekibunko.jp/

電撃文庫DIGEST　9月の新刊

発売日2024年9月10日

創約　とある魔術の禁書目録《インデックス》⑪

著／鎌池和馬　イラスト／はいむらきよたか

上条当麻は、アリスを助けるために、ただ立ち尽くしていた。しかし、彼の命という命、すべての灯火は完全に消えていた。そして、そこに降り立つ一人の女性、アンナ＝キングスフォード。しかし……ここからどうする？

魔法科高校の劣等生　夜《ヨル》の帳に闇《ヤミ》は閃く②

著／佐島 勤　イラスト／石田可奈

文弥たちの活躍でマフィア・ブラトヴァの司波達也襲撃は失敗に終わった。単純な力押しで四葉家に対抗することは難しいと悟った彼らは、同じ十師族の七草家の子女を人質に取り、利用することを目論み——。

魔女に首輪は付けられない2

著／夢見夕利　イラスト／緜

〈奪命者〉事件が解決した第六分署に、新たなる事件の捜査が命じられる。人間が魔術によって爆弾化するという事態に対し、ミゼリア亡き後、カトリーヌを相棒として捜査を開始することになったローグだが——。

新説　狼と香辛料　狼と羊皮紙XI

著／支倉凍砂　イラスト／文倉 十

帝国と教皇庁を南北に分断する要衝の調査に乗り出すコルとミューリ。選帝侯たちはこの地を治め、教会との交渉を有利に進めようとするも、そこは月を狩る熊の伝承を守る〝人の世に住めぬ者たち〟が暮らす地で——。

こちら、終末停滞委員会。2

著／逢縁奇演　イラスト／荻pote

正式に蒼の学園に入学した心葉たち。三大学園が集う、天空競技祭に恋兎チーム５人で挑むことに！　迎え撃つのは、巨大資本を有するＣｏｒｐｏｒａｔｉｏｎｓ。だが、水面下で恋兎の暗殺計画が進められていて——。

汝、わが騎士として2　皇女反逆編Ⅰ

著／畑リンタロウ　イラスト／火ノ

バルガ帝国の皇女ルプスの亡命を成功させたツシマ。つかの間の平和を享受する二人の元へ、帝国最強の刺客が現れる。ルプスの日常を守りたいツシマ。ツシマを失いたくないルプス。それぞれの決意が、いま試される。

これはあくまで、ままごとだから。2

著／真代屋秀晃　イラスト／千種みのり

深紅に対して本当の恋心を芽生えさせてしまった蒼一朗。そして兄妹の関係でありたいと強く望みながらも、蒼一朗を渇望してしまう深紅。そして超えてしまった一線。〝嘘〟と〝本音〟が溶け合う、禁断の第二巻。

新作　人妻教師が教え子の女子高生にドはまりする話

著／入間人間　イラスト／猫屋敷ぷしお

苺原樹、年齢は二十代後半。既婚者。職業は高校教師。そんな私が、10歳年下の教え子の女子高生に手を出してしまった。間違いなく裏切りで不貞で不倫で犯罪で。——なんで、こんなことになってしまったんだろう。

新作　天才ひよどりばな先生の推しごと！～アクティブすぎる文芸部で小生意気な後輩に俺の処女作が奪われそう～

著／岩田洋季　イラスト／ねここぶし

推した本の売上げが倍増する人気YouTuber鵯華千夏。「わたしがあんたをプロ作家デビューさせてあげる」それに、空木は笑顔でシンプルに答えた。「ぜんぜん興味ない」こうして、ふたりの追いかけっこは始まった。

新作　はばたけ魔術世界の師弟たち！

著／平成オワリ　イラスト／Nagu

魔界と人間界の境界に位置する魔導都市ヴィノス。大魔導師・イシュタルの弟子のひとり、ジルベルトは堕落した生活を送っていた。そこに彼の弟子を志願する少女・ラピスが現れることでジルベルトの生活は一変し!?

新作　エイム・タップ・シンデレラ　未熟な天才ゲーマーと会社を追われた秀才コーチは世界を目指す

著／朝海ゆうき　イラスト／あさなや

人生の優等生だった（元）ハイスペックOLの結衣と、世間に馴染めないが天才ゲーマーJKなリン。正反対なふたりは出会い——結衣の妹で日本最強選手の『魔王』凛を倒すため、FPSゲームの大会に出場することに!?

私が望んでいることはただ一つ、『楽しさ』だ。
魔女に首輪は付けられない
Can't be put collars on witches.
著 夢見夕利 Illus. 緜

第30回
電撃小説大賞
大賞
応募総数4,467作品の
頂点！

魅力的な〈相棒《魔女》〉に
翻弄されるファンタジーアクション！

〈魔術〉が悪用されるようになった皇国で、
それに立ち向かうべく組織された〈魔術犯罪捜査局〉。
捜査官ローグは上司の命により、厄災を生み出す〈魔女〉の
ミゼリアとともに魔術の捜査をすることになり――？

電撃文庫

那西崇那
Nanishi Takana
[絵] NOCO
絶対に助ける。
——たとえそれが、
彼女を消すことになっても。
蒼《そう》剣《けん》の歪《ゆが》み絶《だ》ち
VANIT SLAYER WITH TYRFING
ラスト1ページまで最高のカタルシスで贈る
第30回電撃小説大賞《金賞》受賞作
電撃文庫

第30回電撃小説大賞 選考委員奨励賞 受賞作!
美少女フィギュアのお医者さんは青春を治せるか
芝宮青十
ILLUST. 万冬しま
BISHOJO FIGURE NO
OISHASAN HA
SEISHUN WO
NAOSERU KA
変人な彼らの
等身大《フルスケール》な
青春ラブコメ!
特設サイトは
▼こちら!▼
「私の子供を作ってよ」
クラスで《エロス大魔神》と偽る黒松治は
月子のため、彼女が書いた小説のキャラを
フィギュアにすることに!?
電撃文庫

[STATUS]
電撃文庫が贈る、
新たなVRMMOデスゲーム！
CHECK
エンジョイ勢
山本さん、
運営の思惑を
かき乱す！
デスゲームに巻き込まれた山本さん
気ままにゲームバランスを崩壊させる
YAMAMOTO san is Breaking Balance of Death Game
ぽち [AUTHOR] POCHI
Illustration 久賀フーナ
COMMENTER
『刃牙』シリーズ
範馬刃牙
[著]板垣恵介
『ソードアート・オンライン』
キリト
[著]川原 礫／[イラスト]abec
『デュラララ！！』
セルティ
[著]成田良悟／[イラスト]ヤスダスズヒト
超強力な3人が推薦ッッ!!!
電撃文庫

はじめての
ゾンビ生活
不破有紀
FUWA YUKI
[絵]雪下まゆ
おめでとうございます!!!
ゾンビの陽性反応が
出ました。
人間とゾンビの
奇想天外興亡史!?
YOUR FIRST ZOMBIE LIFE
電撃文庫